Peter Salomon
Der Außerirdische

Peter Salomon

Der Außerirdische

Stories

Rimbaud Verlag

Inhalt

Granate	7
Nachtigall	9
Telefonat mit Herbert von Karajan	11
Hühner-Hugo	16
Schwur	18
Blonder Junge mit roter Turnhose	21
Alain Zeller	25
Richter auf Probe	29
Adolf Eichmann	32
Heroin Kids	37
Der Außerirdische	39
Ritchie erzählt dies und das	56
Der Durchbruch	61
Blaue Boxershorts	68
Blasphemie oder Der Teufelsanbeter aus St. Gallen	71
Job als Diener	74
Vom Spazierengehen	75
Winnetou	76
Schmutz	77
Ratte	78
Jan Peter Tripp	79
Endloser Schwund	81
Zweierlei Freude	85

*Die Geschichten dieses Buches sind frei erfunden.
Das gilt besonders für die handelnden Personen.
Eventuelle Ähnlichkeiten mit realen Vorgängen
bzw. real existierenden Personen sind rein zufällig.*

Granate

Der Großvater schenkte mir eine Granate. Sie stand auf seinem Schreibtisch, und ich stand davor. Ich habe mich nicht getraut, zu sagen, dass ich sie haben möchte. Ich habe mich immer gewundert, wie leichtfertig sich alte Leute von Dingen trennen, die unwiederbringlich sind – als Geschenk an ein Kind, das noch nicht gelernt hat, auf seine Sachen aufzupassen. Jetzt bin ich fünfundsiebzig Jahre alt, und die Granate steht auf dem Balkontisch. Eben habe ich sie dorthin gestellt. Man kann Dinge mit ihr beschweren, die nicht wegfliegen sollen. Oder man kann etwas dagegen lehnen, das nicht umfallen soll – das Transistor-Radio in diesem Fall. Die Granate wiegt etwas mehr als ein Pfund (weiter reicht die Briefwaage nicht.) Sie ist zehn Zentimeter lang. Und ihr Durchmesser beträgt vier Zentimeter an der dicksten Stelle. Die Granate hat eine Bimetall-Hülle. Das obere Drittel mit der Spitze ist glänzend dunkelbraun. In der Mitte ist ein Band von drei Zentimetern aus gelbem Metall, vielleicht Messing? Der Fuß (zwei Zentimeter) ist vom gleichen Metall wie oben die Spitze, ich vermute Stahl. Am Fußende ist eine Bodenplatte, die man herausschrauben kann. Innen ist in die Bodenplatte eine kleine Kapsel eingeschraubt, der Zünder, wieder Messingfarben. Am Kopf des Zünders ist eine kleine Schlitzabdeckung, die auch aufgeschraubt ist. Schraubt man sie ab, findet man innen im Zünder einen losen Bolzen mit einer Spitze wie von einem Nagel. Diese Spitze schlägt beim Aufprall auf ein Zündplättchen, dessen

Funken durch den Schlitz ins Innere der Granate spritzen. Ist die Granate mit Sprengpulver gefüllt, explodiert dieses und zerreißt den dicken Metall-Mantel, dessen Splitter eine gewisse Wirkung haben werden. Mein Vater zum Beispiel wäre vor Stalingrad durch einen Granatsplitter fast gestorben, der ihm in den Rücken fuhr und neben dem Herzen an einer Rippe stecken blieb. Aber wie kommt meine Granate ins Fliegen? Womit wird sie abgeschossen? Und warum ist sie so klein? Ob es das Geschoss aus einem Jagdflugzeug ist? Viele Jahre hätte ich Zeit gehabt, dieses Rätsel zu lösen. Aber ich bin kein Militaria-Sammler geworden, für mich ist es ein formschönes Schreibtischobjekt, eine spezielle Skulptur. Einige Male habe ich die Granate versteckt, wenn ich nachts zwielichtige Gäste mit nach Hause gebracht habe – zum Weiterzechen und für Sex. Würde man mit der Spitze der Granate jemandem auf den Schädel schlagen, würde die Fontanelle sicher schon beim ersten Hieb brechen und die Waffe im Gehirn verschwinden. Also mehr als händisches Mordwerkzeug geeignet denn als echte Granate. Hätte ich Enkelkinder, hätte ich sie sicher schon weiterverschenkt.

Nachtigall

1959 zogen wir in das Kutscherhaus ein, das von der feudalen Stadtvilla auf dem riesigen Grundstück stehen geblieben war – alles andere war weggebombt worden. Es war ein winziges Einfamilienhaus mit Spitzdach. Das Grundstück lag höher als die Straße, unten waren vier große Garagen in den Hang gebaut, und das Haus stand obenauf. Davor war ein gepflasterter Hof, wo die Fahrzeuge stehen konnten, wenn man sie aus den Garagen gezogen hatte, dann standen sie fahrbereit und als Statussymbol hinter dem hohen, schmiedeeisernen Gitter. Ich rede von früher, als die Fahrzeuge noch Pferdekutschen waren – der Vater benutzte nur die linke Garage für seinen schwarzen Opel Kapitän. Vom Hof ging rechts eine geschwungene Treppe durch den gestuften Vorgarten zum Haus hoch; sie war aus Naturstein gehauen und zusammengefügt. Das Haus war marode, aber deshalb für den Vater bezahlbar gewesen, obwohl es in der exklusivsten Lage des Grunewalds stand. Der Vater mochte Vögel und beobachtete und fütterte sie; der Gärtner musste ein sogenanntes „Vögelbecken" bauen, in dem sie baden und trinken konnten. Auf Partys zu vorgerückter Stunde rief der Vater zu einer Polonäse auf, die das Motto hatte: „Alle los ins Vögelbecken!" Alle zogen Schuhe und Strümpfe aus und trabten im Gänsemarsch über den taunassen Rasen bis zum Vögelbecken, das eine flache Schale war, eingelassen in den Rasen beim Birnbaum. Kurz nach dem Einzug wurde der Vater fünfzig und machte ein großes Fest. Ich schenkte ihm ein Vogel-Bestimmungsbuch. Nach einigen Wochen hatte er entdeckt, dass nachts beim Eingang ins Haus eine Nachtigall sang. Wir verdunkelten die Zimmer, verhielten uns still und schlichen zur Tür hinaus. Dann lauschten wir. Bereits beim ersten Versuch hatten wir Glück. Die Nachtigall sang. Aber wir sahen sie nicht. Vermutlich saß sie im Vorgarten in einer der kleinen Birken oder auf einer kleinen Tanne. Ich war fast zwölf und jede Nacht konnte ich die Nachtigall hören, wenn ich runter in meine Wohnung ging. Der Vater hatte unten die beiden rechten Garagen zu einer kleinen Appartement-Wohnung umbauen lassen, weil es oben im Haus zu klein war für einen pubertierenden Jungen. Und wie war nun der Gesang der Nachtigall? Seelenvoll, von bezaubernder Tonfülle, dabei laut. Sie schien in Strophen zu singen, die sich manchmal wiederholten. Zwischendurch zart einsetzende Crescendotöne, die bei fallender Tonfolge immer lauter und schwellender wurden, süßlich, das Herz berührend. Wäre ich ein anderer geworden, wenn ich nicht im Sommer 1959 jede Nacht unter dem Gesang der Nachtigall aus der Elternwohnung in mein Appartement gegangen wäre? Irgendwann war es zwar Gewohnheit und ich staunte nicht mehr jede Nacht, aber heute will es mir scheinen, als sei mein Sommer 1959 vom Gesang der Nachtigall beschirmt worden.

Telefonat mit Herbert von Karajan

Der einzige Dirigent, den ich persönlich kennen gelernt habe, ist Herbert von Karajan. Es war in den 1960er Jahren. Mein Vater war beim Preis-Skat im Tennis-Club Blau-Weiß gewesen und hatte einen Schinken gewonnen, der sich aber als alt und salzig herausstellte. Spät nachts fuhr er nach Hause, machte aber wohl einen Umweg – vielleicht wollte er noch etwas erleben. In puncto Alkohol war er bedenkenlos, wie alle damals. Der junge Henning Heyde, der beste Tennisspieler im Club, hatte auf dem Heimweg schon drei Frauen totgefahren. Die letzte hat vor dem Zusammenprall noch den Regenschirm aufgespannt, um sich vor dem herannahenden Auto zu schützen. So wurde es erzählt.

Vater kam mit seinem Opel Kapitän ins Schleudern. Er durchbrach einen kleinen Vorgarten und kam im Restaurant des Hotels RITZ zu stehen. Damals gab es noch keine Sicherheitsgurte, und Vater wurde mit der Brust gegen das Lenkrad geschleudert, das sich verformte – ich habe es später gesehen. Seine Brust war flexibler und stabiler – es gab nur Prellungen und Blutergüsse. Aber er war durch den Aufprall leicht benommen, und als er wieder aufschaute, sah er in das Gesicht von Herbert von Karajan. Der hatte nach einem Konzert in der Berliner Philharmonie mit einigen Freunden und Verehrern noch zusammengesessen, etwas getrunken, gegessen und geredet. Dann hatte es einen Knall gegeben und ein schwarzer Opel kam kurz vor dem Tisch zum Halten. Der Fahrer sah betäubt aus. Karajan, der körperlich trainiert war, flitzte um den Tisch herum, riss die Autotür auf und schlug dem Vater leicht mit der Hand auf eine Wange.

„Hallo, hören Sie mich?"

Der Vater kam schnell zu sich und fühlte sich großartig. Er lud Herrn von Karajan („mein Retter!") und seine Begleiter sofort zu einer Flasche Schampus ein.

„Die beste, die Sie haben! Roederer Kristall! Herr Ober!"

Karajan lehnte freundlich ab, dann kamen Polizei und Feuerwehr. Mein Vater rief:

„Alles Brüder! Alles Brüder! Nein Zwillinge! Alles Zwillinge!" Das sagte er deshalb, erklärte er dem Richter später, weil die Polizisten und die Feuerwehrleute jeweils die gleichen Uniformen anhatten:

„Eben wie Zwillinge gekleidet."

Seine Stimmung war exzellent. Die Polizisten lachten.

Als Mutter und ich ihn am späten Vormittag aus dem Krankenhaus abholten, strahlte er uns mit großen glasigen Augen an und rief:

„Hier läuft alles super!"

Vor dem Zimmer saß ein Polizist.

„Den habe ich ausgetrickst", flüsterte Vater, „den dummen Kerl."

Er habe auf Herzanfall gemimt und dem Arzt, der das Blut abnehmen sollte, gesagt, er solle die Blutprobe verschwinden lassen, „das ist ja ein Kollege von mir."

„Alles meine Freunde!" rief der Vater. Wir kannten es, dass er den Restalkohol extrem langsam abbaute. Wenn mittags seine Mitzecher schon ihren Moralischen hatten und Kopfschmerzen und jammerten und „nie wieder" schworen, war der Vater noch toll in Fahrt. Er war einfach der Größte. Sein Niederschlag kam erst gegen Abend, dann schwieg er und zog den Mund schief.

Zur Strafverhandlung ließ Herbert von Karajan sich entschuldigen. Da der Vater geständig war, war er als Zeuge auch entbehrlich.

„Aber schade war es doch, dass wir uns nicht noch mal getroffen haben", sagte er nach der Verhandlung. Mein Vater war begeistert von dem Amtsrichter.

„Ein ganz junger. Und der Staatsanwalt auch – richtig normale Umgangsformen. Bei einer früheren Strafverhandlung hatte er noch eine Art *Nazirichter* gehabt. Als der Vater bei der Anklageverlesung die Beine übereinandergeschlagen hatte, brüllte der los:

„Angeklagter! Wie sitzen Sie denn da? Sie verletzen die Würde des Gerichtes! Und sowas will Akademiker sein! Los, Beine auseinander!" Der Vater sagte:

„Ich sitze gerne entspannt beim Zuhören." Der Richter sagte:

„Sie sind wohl wahnsinnig geworden. Protokollführer, protokollieren Sie folgenden Beschluss: Der Angeklagte wird wegen Missachtung des Gerichts zu einem Ordnungsgeld von 200 Mark verurteilt, ersatzweise zwei Tage Ordnungshaft." Der Vater:

„Na, wenn das der Wahrheitsfindung dient, soll es mir recht sein."

Dafür gab es dann die nächste Ordnungsstrafe. Als der erste Zeuge aufgerufen war, testete der Richter erst einmal dessen Wehrstatus. Er wollte wissen, wo er gedient habe. Dann prüfte er die Sehfähigkeit des Zeugen. Der musste aus dem Fenster schauen.

„Sehen Sie links den Kirchturm? Gut. Und nun machen Sie einen Daumensprung nach rechts, was sehen Sie da? Was, Sie wissen nicht, was ein Daumensprung ist? Beschluss: Die Verhandlung wird vertagt. Neuer Termin in einer Woche, gleiche Zeit. Dem Zeugen wird aufgegeben, sich bis dahin mit dem Daumensprung vertraut zu machen. Das war der sogenannte *Nazirichter Nalezinsky*. Die Justiz konnte ihn nicht loswerden. Bei den Rentnern und Stadtstreichern war er beliebt – seine Sitzungen waren immer gut besucht. Es war was los. Die beiden Ordnungsgeld-Beschlüsse wurden auf Beschwerde des Vaters vom Landgericht aufgehoben.

Und nun dieser junge, nette Richter. Freundlich und zugewandt; kein Verhör sondern ein Gespräch. Schon der Strafantrag des Staatsanwaltes war milde. Das Urteil sozusagen nicht der Rede wert. Der Vater war begeistert. Er sagte: „Wenn das der Stil der neuen Richtergeneration ist, hält sich bald keiner mehr an die Gesetze und die ganze Gesellschaft bricht zusammen." Ähnlich sah es die Gerichtsreporterin des Berliner Tagesspiegel. Ihre kleine Gerichtsreportage hieß: „Mildes Urteil für betrunkenen Berliner Arzt." Als beim Mittagessen das Telefon klingelte ging ich dran. Der Vater befürchtete immer, dass es ein Patient sei, der ihn zu einem Hausbesuch rufen wollte, was jetzt besonders unangenehm war, weil er noch 6 Monate Führerscheinsperre hatte. Ich musste die Anrufe annehmen, nach dem Namen fragen, dann den Namen laut wiederholen – und dann nickte der Vater oder schüttelte den Kopf und ich sagte:

„Ja, ich hole ihn." Oder ich sagte:

„Nein er ist leider unterwegs; rufen Sie doch nach 15 Uhr in der Praxis an." Ich nehme an, Vater unterschied zwischen Privat- und Kassen-Patienten. Erstere besuchte er dann mit dem Taxi, das war bei dem höheren Honorar drin. Es war aber kein Patient, sondern Herbert von Karajan. Ich sagte:

„Soll ich den Vater rufen?"

„Nein", sagte er, „sag ihm, ich habe den Bericht in der Zeitung gelesen. Herzlichen Glückwunsch. Wenn ich mal krank bin, komme ich zu ihm in die Praxis."

„Ja", sagte ich, „ich richte es aus."

Einige Wochen später habe ich mit meinem Freund Gustav in der Neuen Philharmonie ein Konzert von Herbert von Karajan besucht. Ich habe nicht die kleinste Erinnerung daran.

Hühner-Hugo

Ich meine, die Hähnchenbratereien kamen früher auf als die Pizzerien. *Hühner-Hugo* war die erste, lange vor dem *Wienerwald*. Am Sonntag fuhr der Vater mit dem Auto zur Berliner Straße / Ecke Kurfürstendamm und kam mit drei halben Hähnchen zurück. Köstliches Sonntagsessen! Und die Mutter musste nicht kochen! Vater schwärmte, wie leicht das Fleisch vom Knochen ging, ja die meisten Knochen waren so weich, dass man sie hätte mitessen können. So zart! Solche Qualität! Man war ja noch arglos. Die erste Pizzeria war in der Bülowstraße zwischen KaDeWe und Nollendorfplatz. Wir trafen uns dort während der Woche um diese Neuerung zu testen. Pizza erschien uns nicht als Sonntagsbraten zu taugen. Die Dinger waren uns viel zu groß, wir wollten uns nicht mit Teig vollstopfen. Ob es schmeckte? Ich erinnere mich nicht. Ich weiß nur noch, dass der Bäcker hinter der Theke die Teigfladen in die Luft warf, wo sie sich drehten wie fliegende Untertassen. Und daran erinnere ich mich: Am Nebentisch saß ein älteres Ehepaar (vermutlich), das die ganze Zeit schwieg, während es auf das Essen wartete. Dabei sahen sie nicht aus, als ob sie Streit miteinander hätten, manchmal lächelten sie sich zu. Ich sagte zu den Eltern: „Gut, dass ihr immer etwas zu reden habt und nicht solche Langweiler seid." Das war noch vor der Pubertät. Erst viel später fiel mir auf, dass die Eltern unentwegt plapperten, auch wenn es nichts zu sagen gab. Schweigen war in unserer Familie eine böse Sache, das machte man nicht. „Nun sag mal was", wurde ich als Kind oft aufgefordert, wenn ich vor mich hin schwieg. Sofort schwatzte ich munter drauflos, egal wie schlecht es mir ging. „Der Junge ist so aufgeweckt", sagten die Freunde der stolzen Eltern. Gleich nach dem Abitur verließ ich das Elternhaus. Auch wortkarg kam ich immer gut durch. In einer literarischen Diskussion hörte ich den Satz: „Man kann die Dinge auch zerreden." Ja, so war es bei uns gewesen. Man zerredete die unerfreulichen Dinge genauso wie die schönen. Wenn ich heute nach Berlin zu Besuch komme und auch bei den Eltern vorbei gehe, bin ich schon vorbereitet, aber ich kann nichts ändern. Gehe ich alleine ins Hotel zurück spüre ich den Sprachmüll unter der Schädeldecke und gleichzeitig eine gewisse Leere der Gedanken.

Schwur

„Als ich heranwuchs, gelobte ich mir, der Jugend treu zu bleiben." So beginnt Pierre Drieu La Rochelles „Geheimer Bericht" (1944). Das kann ich von mir auch sagen. Allerdings hatte ich diesen Schwur lange vergessen. Aber jetzt entsinne ich mich, dass er mich lange begleitet hat. Allerdings weiß ich nicht mehr, was ich damit wirklich gemeint hatte. Es müssen ja irgendwelche Handlungen oder Meinungen damit verbunden gewesen sein. Jetzt fällt mir wieder der Vater ein. Wir lebten in den 1950er Jahren in der Landhausstraße. Im sogenannten Herrenzimmer der großen Wohnung stand Vaters Schreibtisch. In der rechten oberen Schublade waren ganz persönliche Sachen von ihm. Als Student war er in Marburg in einer schlagenden Verbindung gewesen; einige Narben im Gesicht zeugten lebenslänglich davon. In der Schublade lagen die *Mensurkarten*. Darauf war jeder Zweikampf dokumentiert: Der Gegner, die Art der Waffen, die Zahl der Schläge, die Zahl der Treffer, die Dauer des Kampfes. Alles beglaubigt mit den Unterschriften der Sekundanten. Dazu war die Karte an das blutende Gesicht gedrückt worden und somit durch das Blut geadelt und beglaubigt. Die Karten waren schlecht zu lesen, sie waren durch das Blut braun geworden. Im Zweiten Weltkrieg war der Vater Soldat, Oberstabsarzt. Er hat einige Orden erhalten: Das Eiserne Kreuz zweiter Klasse, die Nahkampfspange, die Tapferkeitsmedaille, das Verwundetenabzeichen. Ihm war ein Granatsplitter von der Größe der ersten beiden

Glieder des kleinen Fingers in den Brustkorb gedrungen und in der Lunge stecken geblieben. Der Splitter wurde herausoperiert und er erhielt ihn als Souvenir. All das lag bei den Mensurkarten. Der Vater hatte mir die Dinge einmal gezeigt, und sie erschienen mir irgendwie heilig, wie Reliquien. Die Schublade war nicht abgeschlossen, manchmal bestaunte ich die Heiligtümer, wenn ich allein zu Hause war. Der Vater bekam von seiner alten Burschenschaft ein quartalsmäßiges Mitteilungsblatt. Eines Tages Ende der 50er Jahre (ich vermute vor unserem Umzug ins eigene Haus), rief er mich, ich sollte dabei sein. Er hatte die Schublade herausgenommen und auf den Schreibtisch gestellt. Er sagte: „Jetzt fliegt der ganze alte Ramsch in den Müll!"

Er zerriss die Karten, das EK II schenkte er mir „zum Spielen", die Abzeichen kamen auch in den Papierkorb, ebenso der Granatsplitter, die angesammelten Vereinsblätter zerriss er und die Fetzen kamen zu den anderen Sachen. Er sagte:

„Jetzt muss ich nur noch bei der „Rhenania" kündigen."

Ich war aufgewühlt. Ich fand es einen unerhörten Frevel, dass Vater die Reliquien zerstörte. Ich dachte, das ist doch seine Jugend. Er kann doch nicht einfach seine Jugend in den Müll werfen. Vater sagte:

„Dieser ganze Burschenschaftskram ist nicht mehr zeitgemäß. Und Andenken an den Krieg brauche ich schon gar nicht."

In den folgenden Monaten riefen den Vater mehrmals alte Bundesbrüder an, die ihn umstimmen wollten, dass er seinen Austritt wieder rückgängig macht. Er sagte:

„Nein, das ist endgültig. Eure Ideale sind von gestern und nicht mehr meine."

Ich war traurig und dachte: So will ich nie werden. Ich werde meiner Jugend immer treu bleiben.

Blonder Junge mit roter Turnhose

Um 1970 herum studierte ich in Freiburg Rechtswissenschaften. Ich hatte ein Zimmer in einer Wohngemeinschaft in der Mozartstraße in Herdern. Jörn-Dieter Eisberg, ein Studienkollege, mit dem ich mich ein bisschen angefreundet hatte, wohnte in der Landsknecht-Straße in Wiehre. Manchmal holte ich ihn am späten Vormittag ab. Ich konnte zu Fuß hingehen, am Schlossberg entlang, durch das Schwabentor, dann die Dreisam und die Schwarzwaldstraße überqueren – und ich war da.

Der Ortsteil Wiehre war nicht so gediegen bürgerlich wie Herdern. Hier standen die großen Stadtvillen der Jahrhundertwende, dort eher Reihenhäuser im Besitz der Gesellschaften des sozialen Wohnungsbaus. Ich hörte vormittags keine Vorlesungen, sondern erarbeitete den Stoff zuhause an meinem Fenstertisch aus den Lehrbüchern. Dabei ließ sich Nescafé trinken, Pfeife rauchen und hin und wieder abschweifen zu Gedichten (Lektüre und eigenen Versuchen). Erst gegen Mittag verließ ich das Haus um in der Mensa zu essen, und um dann nachmittags an Seminaren teilzunehmen oder noch eine Vorlesung zu besuchen. Jens holte ich ab, wenn er einen vorlesungsfreien Vormittag hatte, und weil ich gerne zum Ausgleich von den Schreibtischstunden mir die Beine vertrat.

Ein paar Mal sah ich in dem ersten Haus links an der Einmündung Landsknecht-Straße einen hübschen Jungen, der durch sein angenehmes Gesicht, schöne zarte Haut, ihre

Farbtönung, seine grün-blauen Augen und einen leuchtend blonden Haarschopf auffiel. Er war schön und ausdrucksstark und dazu ein bisschen sehr dünn. Er brachte den Müll vor die Tür, oder er nahm Wäsche von der Trockenleine, die zwischen zwei Teppichklopfstangen gespannt war, auf dem schmalen Rasenstreifen vor dem Haus. Damals stand ich noch auf Jungens – er war sozusagen mein Traumtyp. Immer trug er enge Bluejeans, die leicht vergammelt waren, ein Sweatshirt, das Bauch und Nierenbecken freiließ und Sandalen an den nackten Füßen. Er wirkte insgesamt ein bisschen schmuddelig, was aber gut mit seiner blendenden Schönheit harmonierte: So wirkte er nicht völlig entrückt in seinem Aussehen. Seine Haut im Gesicht, am Hals und an den Armen war teils etwas heller, teils etwas gebräunter, wie durch unterschiedliche Pigmentverteilung – oder schlechtes Waschen. Er ging seinen Beschäftigungen nach und sah mich nie an. Schade, dachte ich, an so einen Traumboy kommt man eben in der Realität nicht ran.

Aber einmal, es war das letzte Mal, dass ich ihn dort sah, sah er mich doch an – und wir sprachen sogar miteinander. Es war ein sehr heißer Sommertag. Es war mit Jörn-Dieter Eisberg verabredet, dass ich ihn abhole. Und wieder einmal stand der kleine Blonde vor der Haustür. Diesmal hatte er nichts weiter an als Sandalen und eine rote Turnhose, die ihm etwas zu klein, zu eng war, so dass sich sein Geschlecht deutlich abzeichnete. Der Oberkörper war unbekleidet. Sehr mager, etwas schmächtig, aber doch mit einem zarten Muskelrelief. In dem Moment, als ich ihn zu Gesicht bekam, bückte er sich gerade, ich sah ihn von hinten. Sein Schwanz und sein Sack kamen am Bein aus der Hose raus, etwas gequetscht, etwas versteift. Scheinbar trug er keine Unterhose unter der Turnhose. Die Turnhose war etwas speckig an den Arschbacken, so als ob ihn jemand in sitzender Stellung an den Beinen über den Turnhallenfußboden gezogen hätte und Bohnerwachs an den Arschbacken angetragen wurde. Während ich noch hinstarrte, richtete sich der Junge auf, drehte sich gleichzeitig um und schaute mich mit geweiteten Augen an – um den Mund ein leicht ironisches oder schmerzliches Lächeln. Aufgeschreckt und fast sprachlos sagte ich:

„Hast Du denn keine Schule heute?"

„Nein, heute nicht", sagte er.

„Schwänzt du sie?", fragte ich.

„Nicht direkt", sagte er.

„Und was heißt das?"

„Meine Mutter macht heute Wäsche. Die Jeans sind erst morgen trocken."

„Aha", machte ich, „dann mal viel Spaß mit dem freien Tag."

Er sagte nichts mehr darauf. Aber er sah mich etwas länger an, irgendwie fragend oder bittend, und das verursachte mir ein ziehendes Gefühl im Bauch, halb Angst, halb Begehren. Ich verstand den Blick so:

„Hilf mir! Nimm mich mit!"

Der Junge hieß übrigens Richard, Ritchie, sagte er. Wann und warum hatte er das gesagt? Ich spüre noch heute den

Ruck, den mein Kopf von ihm weg in Richtung von Jörn-Dieter Eisbergs Wohnung machte, und wie ich mich mechanisch in Bewegung setzte. Sie waren ja fast Nachbarn. Ich sagte mir, dass ich den Blick des Jungen bestimmt falsch interpretierte. Der heimliche Wunsch des jugendlichen Mannes, der Jungens mochte, hatte seine Wahrnehmungsfähigkeit verwirrt. Wahrscheinlich war es nur der Blick eines gut erzogenen Jungen gegenüber einem Älteren gewesen, zu dem man höflich sein soll.

Ich war noch einige Zeit mit Jörn-Dieter Eisberg kollegial befreundet, den Jungen sah ich nie wieder an diesem Ort.

Alain Zeller

Freiburg 1970, Jungsein ist wunderbar, aufregend und gefährlich. Da ich kein eigenes Telefon hatte, fuhr ich abends zur Hauptpost nahe dem Bahnhof. Dort gab es in einem Vorraum Telefonkabinen, in denen man sich auch zurückrufen lassen konnte. Die Zellen waren von Studenten belagert, oft musste man in einer kleinen Schlange warten. „Fasse dich kurz!" war auf die gläsernen Türen gedruckt. Die Telefonkabinen waren links, rechts vom Eingang war ein langes, niedriges Bücherregal, in dem die dicken Telefonbücher aller bundesdeutschen Ortsnetze standen. Auf den Telefonbüchern saß ein etwa sechzehn Jahre alter Junge und beobachtete das Geschehen. Er war sehr schlank und die langen Beine traten im Sitzen so hervor wie auf einem Motorrad. Stiefeletten, enge Bluejeans, grüner Nicky mit zu kurzen Ärmeln und nierenfrei, schmales blasses Gesicht, blondes Haar mit Mittelscheitel um den herum die Haare leicht senkrecht standen, Augenpartie etwas schief gezogen als ob ihn das Licht blendete oder wie ein Hauch von Ironie. Er knabberte an einer Ecke der Unterlippe. Es ist ja selten, dass man solch ein Objekt in Ruhe betrachten kann, denn fast nie treten sie alleine auf, sondern kaspern in Gruppen herum. Ich schaute wieder weg und eine Telefonkabine wurde frei. Ein paar Mal probierte ich durchzukommen, aber es war immer besetzt, was nicht bedeuten musste, dass der Angerufene seinerseits telefonierte – oft waren auch bloß die Leitungen überlastet. Als ich die Kabine verlassen wollte, bekam ich die Tür nicht auf, sie klemmte und gab nur einen Spalt frei. Der Boy von den Telefonbüchern steckte seinen Kopf hindurch und sagte:

„Und was machen Sie, wenn ich Sie nicht wieder rauslasse?"

Das war der Beginn meiner wunderbaren Freundschaft mit Alain Zeller.

Alain sagte: „Du hast übersehen, dass ich auch grüne Augen habe, nicht nur einen grünen Pulli."

Wir saßen in meinem Studentenzimmer, und ich las *Die Mandarins von Paris* von Simone de Beauvoir. Es war früher Abend. Wir waren mittags aus Paris zurückgekommen. Es klopfte an der Tür und ein Polizist fragte, ob ich M.B. sei. Er war gekommen, um mir ein Schriftstück zuzustellen, „durch persönliche Übergabe", wie er auf der Zustellurkunde ankreuzte. Von Jacques Brel lief die LP *Amsterdam*. In dem blauen Kuvert steckte ein Schreiben der Staatsanwaltschaft Freiburg. Es sei beabsichtigt, gegen mich Anklage zum Amtsgericht Freiburg zu erheben; ein Entwurf der Anklageschrift war beigefügt – ich könne mich dazu binnen zwei Wochen äußern und auch Beweiserhebungen zu meiner Entlastung beantragen. Hochachtungsvoll *Güde*, Staatsanwalt. Der Paragraph 175 StGB, der Schwulenparagraph der Nazis, existierte noch in abgeschwächter Form und sollte auf mich angewendet werden. Ich entschloss mich, keine schriftliche Erklärung abzugeben, sondern den Staatanwalt zu besuchen und mit ihm zu reden – einen guten Eindruck machen, die Sache kleinreden und versuchen, dass er das

Verfahren wegen geringer Schuld einstellt, vielleicht gegen eine Geld- oder Arbeitsauflage. Ich kaufte mir ein weißes Hemd, eine Krawatte mit Schottenmuster und eine braune altmodische Aktentasche. Die Staatsanwaltschaft Freiburg war im Haus des Amtsgerichts *Am Holzmarkt* untergebracht, ein ganz heruntergekommener Bau. An der Pforte witzelten die Justizwachtmeister.

„Soso, zu StA Güde wollen Sie – nun man weiß nie genau, wo er gerade steckt." Man sagte mir eine Zimmer-Nummer aus dem zweiten Stockwerk.

„Versuchen Sie ihr Glück! Und denken Sie immer daran, dass Sie es mit dem Sohn unseres ehemaligen Generalbundesanwalts zu tun haben – der Vater passt immer auf."

Max Güde war der Vorgänger von Siegfried Buback, der 1977 von Mitgliedern der RAF ermordet wurde. Als ich vor der Tür stand, kam StA Güde entweder gerade aus dem Zimmer heraus, oder er kam den Flur entlang und wollte hineingehen. Er war füllig, trug auch ein weißes Hemd, aber ohne Krawatte, er war arg verschwitzt. Er hatte eine laute Stimme.

„Was erzählen Sie denn da? Der § 175 ist doch längst abgeschafft!" Ich zeigte ihm das Schriftstück mit seiner Unterschrift.

„Das ist nicht meine Unterschrift", sagte er, „das ist mein Namensstempel, den die Angestellten in der Kanzlei benutzen." Er sagte, ich solle fünf Minuten warten, er gehe auf die Geschäftsstelle die Akte holen, dann würden wir weitersehen. Er kam ohne Akte zurück und sagte:

„Es gibt keine Akte, die Akte ist verschwunden."

„Und was ist, wenn sie wieder auftaucht? Dann kommt es zu einer Gerichtsverhandlung, die ich doch verhindern möchte. Ich möchte Ihnen meine Geschichte erzählen, und Sie nehmen ein Protokoll auf, bitte."

„Und ich möchte Ihre Geschichte, wie Sie das nennen, nicht hören. Die geht nur Sie und Ihren Freund etwas an, sonst niemanden. Ich glaube auch nicht, dass die Akte wieder auftaucht. Falls doch, gebe ich Ihnen Nachricht, dann können Sie immer noch versuchen, mich milde zu stimmen." Er lachte, sagte „Adieu" und verschwand in seinem Büro.

Ich habe nie mehr etwas von dem Strafverfahren gehört. Normalerweise muss ein Staatsanwalt eine sogenannte „Abschlussverfügung" machen, also eine Anklage erheben oder die Verfahrens-Einstellung beschließen und begründen. Nichts dergleichen ist geschehen. Auch ohne Akte hat ein Verfahren ja noch ein Aktenzeichen im fortlaufenden Register, das kann nicht verschwinden und dort muss irgendwann vermerkt werden, wie die Sache erledigt wurde. Übrigens lernte ich später als Rechtsanwalt, dass verschwundene Akten leicht zu rekonstruieren sind, weil von den Schriftstücken bei Polizei und Gericht Doppel existieren. Immer wenn ich in den folgenden Jahren am Amtsgericht *Am Holzmarkt* vorbeikam, ging mir der Berliner Gassenhauer des neunzehnten Jahrhunderts durch den Kopf: „Im Grunewald, im Grunewald ist Holzauktion, ist Holzauktion – links um die Ecke rum, rechts um die Ecke rum, überall ist Holzauktion …"

Richter auf Probe

Am Abend vor der Vereidigung studierte ich die Gesetzesvorschriften und einen Kommentar. Eigentlich hatte ich bloß die Eidesformel verinnerlichen wollen um nächsten Tags nichts falsch zu machen. Ich wollte den Eid ohne religiöse Beteuerung leisten. Dann stieß ich auf eine Vorschrift, von der ich vorher noch nie gehört hatte. Man kann nämlich nicht nur die Worte *So wahr mir Gott helfe* weglassen, sondern die ganze Eidesleistung verweigern und stattdessen eine *eidesgleiche Bekräftigung* sprechen, wenn man aus Gewissensgründen keinen Eid leisten will. Die Bekräftigung wird in der Weise abgegeben, dass derjenige, der die Bekräftigung abnimmt, die Eingangsformel vorspricht: „Sie bekräftigen im Bewusstsein ihrer vollen Verantwortung, dass sie ihre Pflichten nach bestem Wissen und Gewissen und ohne Ansehen der Person ausüben werden" – woraufhin der Verpflichtete ohne Handaufheben spricht: „Ja." So lief es ab, ins Stottern kam der Präsident. Über das „ohne Ansehen der Person" wollte ich nicht auch noch diskutieren, obwohl ich mir die Personen, über die ich urteilen sollte, sehr genau ansehen wollte. Die Vereidigung war freitags. Abends wollte ich etwas erleben. Die *Niederburg* machte gerade zu als ich kam. Die *Badische Weinstube* war fast leer. „Der Dienst" verkehrte dort nur zwischen Feierabend 16 Uhr und der Tagesschau 20 Uhr. Die Tür zur *Oberen Sonne* war geschlossen. Aber durch die Wände hörte man den Lärm einer brechend vollen Diskothek. Davor stand ein Dutzend zeternder

Teenies, die nicht glauben wollten, dass sie nicht reinkamen. Ich ging an der *Laube* eine Bulette essen und trank einen Plastikbecher Bier dazu. Dann trank ich noch drei kleine Bier mit je einem Schnaps, ich glaubte, ich bräuchte eine Grundlage. Als ich wieder an der *Oberen Sonne* vorbeikam, stand die Tür weit offen. Vor der Tür stand immer noch ein Dutzend Leute, aber sie waren jetzt ganz leise. Sie tuschelten und ließen eine Gasse zum Eingang frei. Innen war keine Musik mehr. Als ich mit der Selbstsicherheit der gerade ins Blut hauenden Drinks in das Lokal reinging, fühlte ich mich komisch angeschaut. Ich sah an mir runter, wie um mich zu vergewissern, dass der Hosenschlitz geschlossen ist. Vor mir war eine große Pfütze dunkler Flüssigkeit – *Coca Cola,* dachte ich und konnte gerade noch einen großen Schritt darüber hinweg machen. Die Gäste des Lokals standen in einem Halbkreis gegenüber der Tür herum und starrten mich an. Rechts war die Theke, dort war etwas Bewegung. Jemand saß auf einem Küchenstuhl und hatte ein großes Frotteehandtuch um den Kopf gewickelt. Das Tuch war ganz voll Blut. Der Mann unter dem Tuch wiederholte andauernd den gleichen Satz: „Es ist ja überhaupt nichts passiert." Er wollte, dass die anderen sich wieder vergnügen. Eine Barfrau nahm ihm das blutige Handtuch vom Kopf und zeigte es ihm. Eine andere Barfrau legte ihm ein neues Handtuch auf den Kopf. Ein Typ wischte mit dem alten Handtuch die Blutpfütze an der Tür weg, über die ich gerade gesprungen war. Dann kamen vier Polizisten durch die Gasse. Sie schienen sich nicht sonderlich wohl zu fühlen und verzichteten darauf, Eindruck zu machen. Der blutige Typ ging freiwillig mit. „Aber ihr müsst mich führen", sagte er von unter dem Handtuch, „abführen ist überflüssig, ich kann nichts sehen." Ich dachte, dass die Möglichkeit besteht, dass das, was gerade passiert war, in ein paar Wochen in Form einer Ermittlungsakte auf meinem Schreibtisch landet. Dann würde ich lesen können, was genau sich ereignet hatte. Als die Polizei mit dem blutigen Typen abgezogen war, stürmte plötzlich das halbe Lokal an die Bar. Sie wollten jetzt alle ihren Durst löschen. Ich auch. Das war mein erster Abend als Richter in Konstanz.

Adolf Eichmann

In meinem ersten Jahr als Rechtsanwalt habe ich einen spektakulären Prozess geführt, der in die Rechtsgeschichte eingegangen ist. Es war 1976, ich war Ende zwanzig. Die Fachzeitschriften veröffentlichten die Urteilsgründe. Mandanten waren zwei der vier Söhne von Adolf Eichmann, die in Konstanz lebten: Klaus und Dieter; Gegner war ein großer Verlag in Hamburg. Es ging um unwahre Behauptungen in einem Buch. Meine Mandantenbesprechungen machte ich gerne nachmittags, morgens waren Gerichts-Termine oder ich war nicht zu sprechen und diktierte Schriftsätze. Im Kalender war Klaus Eichmann eingetragen. In Klammern hatte die Sekretärin hinzugefügt: „Neue Sache, Presserecht." Es erschien ein blonder, gutaussehender Mann, vielleicht zehn Jahre älter als ich. Er sagte zur Begrüßung:

„Wahrscheinlich fragen Sie sich, ob ich verwandt bin oder nicht."

„Nein", sagte ich, „aber jetzt wo sie mich darauf stoßen?"

„Ja", sagte er, „ich und mein Bruder Dieter leben in Konstanz. Der Älteste, Horst, lebt noch in Argentinien, zum Jüngsten, Riccardo, habe wir keinen Kontakt. Der Vater hat an allen seiner Lebensorte einen Sohn gezeugt: Horst in Wien, Dieter in Prag, mich in Berlin und Riccardo in Brasilien. Nach seiner Ermordung sind wir beiden wieder nach Deutschland gekommen."

Der Vater war also Adolf Eichmann gewesen, der Nazi-Verbrecher, der nach Jahren des Lebens im Untergrund nach Argentinien fliehen konnte und dort vom israelischen Geheimdienst aufgespürt, nach Israel verbracht und nach einem Schauprozess in Jerusalem zum Tode verurteilt und 1961 hingerichtet wurde. Damals war ich vierzehn Jahre alt. Die Eltern hielten einen Lesezirkel – in allen Illustrierten hatte ich über den Fall Eichmann gelesen. Das Bild des schmächtigen, bebrillten Mannes in seinem Glaskäfig hatte sich mir eingeprägt. Klaus Eichmann sagte:

„Ich habe Sie als Anwalt ausgesucht, weil Sie Jude sind, dann kann mir wenigstens nichts passieren."

Er spielte auf meinen jüdischen Nachnamen an, der meinem Vater in der Nazizeit viel Ärger gemacht, aber nach 1945 viele jüdische Patienten beschert hatte. Der neue Mandant hatte ein dickes Buch dabei, einen „Backstein" wie man im Buchwesen sagt. Der Autor hieß Ladislas Farago, und der Titel war: „Scheintot. Martin Bormann und andere NS-Größen in Südamerika." Es ging hauptsächlich um Martin Bormann, aber ein Kapitel beschäftigte sich auch mit Adolf Eichmann und seiner Familie. Mein Besucher sagte, das Buch enthielte viele falsche Tatsachenbehauptungen. Ihm ginge es nicht um die, die seinen Vater betrafen, sondern um die, die Dieter und ihm angelastet würden. Es waren etwa ein Dutzend Stellen, die er als falsch markiert hatte. Beispielsweise wurde behauptet, er und sein Bruder hätten terroristische Anschläge in Brasilien verübt. Ich entschloss mich, das Mandat zu übernehmen, die Behauptungen des Autors schienen abenteuerlich und er gab keinerlei Belege dazu. Dazu hatte der Fall eine interessante juristische Komponente.

Klaus Eichmann wollte, dass das Buch aus dem Verkehr gezogen wird – also Unterlassung künftigen Vertriebes, würde der Jurist sagen. Sodann wollte er Schmerzensgeld für sich und seinen Bruder – das war auch kein Problem; für die Verletzungen der Persönlichkeitsrechte schienen 10.000 Mark angemessen. Aber nun wurde es heikel – der Mandant wollte, dass „alle Welt" erfährt, dass ihm und dem Bruder mit dem Buch Unrecht zugefügt worden war. Im Presserecht gibt es das Recht zur Gegendarstellung; auch kann der Betroffene verlangen, dass der Herausgeber die falschen Behauptungen in einer der nächsten Nummern widerruft. Das gilt aber nur bei *periodischen* Druckschriften, bei Tageszeitungen, bei Monats- oder Quartals-Zeitschriften oder bei Jahrbüchern. Bei normalen Büchern ist derlei nicht vorgesehen, was auch in der Natur der Sache liegt. Ein Buch erscheint nur einmal und wird dann über längere Zeit unverändert vertrieben. Folgeauflagen will man ja gerade verhindern; außerdem erreichen Neuauflagen nicht den bisherigen Leserkreis. Ein Buch kauft man nur einmal, die Tageszeitung kommt täglich. Mir kam nun folgende Idee: Ich habe argumentiert, dass hier eine Regelungslücke vorliegt. Die könne aber durch das Gericht geschlossen werden. Ich habe beantragt, dass das Gericht alle Rechtsverletzungen einzeln im Tenor des Urteils feststellt (auflistet), jeweils mit dem Zusatz, dass die Behauptungen falsch seien. Sodann sollte der beklagte Verlag verurteilt werden, diesen Urteilstenor vollständig in mehreren großen Tageszeitungen zu veröffentlichen, mindestens auf einer ganzen Zeitungsseite der FAZ, der Süddeutschen, der Welt, des Spiegel. Nur so könne eine Schadens-Wiedergutmachung erfolgen. Das Landgericht Konstanz hat sich dem ohne Wenn und Aber angeschlossen. Um keine höchstrichterliche Entscheidung zu provozieren, ging der Verlag nicht in die Rechtsmittel und leistete dem Urteil Folge. Wer weiß, was eine ganzseitige Werbeanzeige in der Presse kostet, hat eine Vorstellung davon, wie teuer dem Verlag die Sache gekommen ist.

Im Rückblick verblüfft mich, wie unbedacht ich das Mandat angenommen und wie engagiert ich es ausgeführt habe. Trotz der auffälligen Urteilsveröffentlichung ist dieser kleine Eichmann-Prozess nicht in die Medien gelangt. Dieter Eichmann brachte mir nach dem Erfolg 1980 ein Memoiren-Buch des Vaters (geschrieben 1951-1958), das wohl bis heute unbekannt geblieben ist: „ICH, ADOLF EICHMANN. Ein historischer Zeugenbericht". 400 Seiten Memoiren von A.E., dazu Vorwort, Dokumente, Fotos etc. Auch im Wikipedia-Eintrag zu Adolf Eichmann findet man das Buch nicht erwähnt. Damals habe ich es nicht gelesen, weil ich in Liebschaften, Beruf und den Literaturbetrieb verstrickt war. Aber jetzt suchte ich es heraus, ein dickes, giftgelbes, unschön gestaltetes Paperback. Ich las einige Kapitel, besonders die über die Zeit nach der Kapitulation, wo Eichmann sich schon an seine aktive Zeit erinnert. Gäbe es den Begriff von der «Banalität des Bösen» nicht schon, ich hätte ihn jetzt erfunden. Die Schriftstellerin und Philosophin Hannah Arendt, die den Eichmann-Prozess in Jerusalem besucht hatte, ist wegen dieses von ihr erfundenen Begriffs heftig angegriffen worden.

Aber er trifft die Sache exakt. Es ist unglaublich zu lesen, was Kaltenbrunner für hübsche Schuhe anhatte, wie man nach der Wannsee-Konferenz gemütlich am Kamin zusammensaß, was Höss für ein feiner Kamerad war, wie beiden beim Anblick eines Haufens toter Häftlinge fast schlecht wurde, aber man hinterher zusammen musizierte und sich tröstete, späteren Generationen ihr Los abgenommen zu haben. In den 5 Jahren seines Untertauchens in Westdeutschland trifft er immer wieder auf Juden und sagt: „Die sollen wir also alle getötet haben?" Das war «Die Banalität des Bösen».

Klaus Eichmann hatte in der gleichen Postfiliale wie ich ein Postfach. Dort kreuzten sich unsere Wege öfter. Jahrelang grüßten wir uns bloß wie Leute, die sich vom Sehen kennen – aber einmal blieb er stehen und sagte, dass er ein Anliegen habe, ob ich Zeit hätte, mit ihm in die gegenüberliegende Eisdiele zu gehen, dann könnte er mir bei einem Kaffee sagen, worum es ging. Er hatte in der Presse gelesen, dass ich nicht nur Rechtsanwalt sondern auch Schriftsteller war. Er wollte die Memoiren seines Vaters noch einmal verlegen lassen, diesmal in einem seriösen Verlag und herausgegeben von mir.

«Das wäre gut für das Buch, wenn Sie als Jude ein Vorwort und die Anmerkungen schreiben; der Name Salomon kleingedruckt neben dem meines Vaters – das wäre bestimmt hilfreich.»

Diesmal sagte ich NEIN, obwohl ich das Buch, wie gesagt, damals noch gar nicht gelesen hatte.

Heroin Kids

In den 1970er Jahren, als der Konsum von Heroin bei Jugendlichen in Mode kam, gab es ein Plakat, das abschrecken sollte. Es zeigte einen ganz dünnen jungen Mann, der in Auflösung begriffen war. Der Kopf und die Hände und Handgelenke waren transparent und es war schon das Skelett zu sehen. Dieses halbe Gerippe hielt eine große Injektionsspritze in der Hand und war dabei, sich einen Druck zu setzen; der linke Oberarm war mit einem Gürtel abgebunden. Dieser Jugendliche hatte aber auch noch etwas Hübsches, gutsitzende Jeans, ein smartes Sweatshirt. Und auch die durchscheinenden Gesichtszüge zeigten einen gutaussehenden Jüngling. Irgendwo auf diesem Plakat war eine Schrift angebracht. Sie lautete: „Heroin macht schlank!" Schlank-Sein war das vorherrschende Körperideal. Herausgeber des Plakats war vielleicht das Bundesgesundheits-Ministerium oder eine Vereinigung zur Bekämpfung von Rauschmittel-Gebrauch. Das Plakat hing auf Bahnhöfen und in öffentlichen Gebäuden. Es wurde oft geklaut. Nicht um die Botschaft zu untergraben, sondern weil die Diebe es in ihrer Wohnung aufhängten. Ich hatte einen Bekannten, der so ein Plakat besaß – innen an die Toilettentür gepinnt. Das Plakat gefiel ihm.

Viele Schwule stehen auf sehr schlanke oder sogar dünne Boys. Und wer dünne Boys mag, kommt an Junkies nicht vorbei. Junkies sind dünn und brauchen Geld für den Stoff und machen deshalb alles mit. Es gilt die Regel: Die besten

Stricher sind Junkies, aber nur wenn sie gut drauf sind. Wenn sie *einen Affen schieben* ist nichts los mit ihnen, dann sind sie lahm und sobald sie die Kohle haben, sind sie auch schon verschwunden und jagen nach Stoff. Während die gut geknallten meistens einen Laberflash haben und nach getaner Arbeit gerne noch ein Weilchen weiter quatschen. Das Plakat veranschaulichte das Objekt der Begierde.

Aus dem gleichen Grund stehen auch Perverse, die harten bizarren Sex suchen, auf Junkie-Stricher als Partner. Wenn der Junkie gut drauf ist, ist seine Hemm- und Ekelschranke gesenkt oder gar nicht mehr vorhanden. Außerdem verleiht ihm die Droge eine großzügige Haltung. Weil er selbst gut drauf ist, gönnt er das auch dem Partner. Weil er Außenseiter ist, stets auf der Jagd nach Stoff, akzeptiert er auch den sexuellen Außenseiter, der ständig auf der Suche nach einem Partner ist, der seine Phantasien realisiert und ihm den perversen Kick verschafft.

Schwule mit einer Vorliebe für sehr schlanke Boys, perverse Typen und Junkies, die Sex für Geld machen, passen gut zusammen. Heroin Kids ist ein guter Begriff.

Der Außerirdische

1977 lernte ich Roland und seine Mutter Charlotte Nagiller kennen, genannt Lotti. Und zwar beruflich als Rechtsanwalt in meinem Büro an der Konstanzer Seepromenade. Durch den Job war ich in der Stadt bekannt geworden, so dass es schwierig war, unbeobachtet und unbefangen meinen Neigungen nachzugehen. Alle paar Meter wurde ich gegrüßt und musste zurückgrüßen. Und mehr als mir lieb war, musste ich stehen bleiben und Smalltalk machen. Dauernd wurde ich daran gehindert, den Objekten meiner Begierde nachzusehen oder die Richtung zu ändern, um ihnen zu folgen und sie anzusprechen. Es war selten, dass ich im Büro von Mandanten etwas Aufregendes erfuhr. Roland hatte etwas angestellt und eine Anklageschrift der Staatsanwaltschaft bekommen; das Jugendgericht hatte ihn aufgefordert, sich dazu schriftlich zu äußern. Da schriftlicher Ausdruck in der Familie nicht gut beherrscht wurde, gingen sie zum Anwalt.

Vermittelt wurde mir das Mandat von einem Kumpel von Roland, den ich kannte, und der mitangeklagt war: Jonas Stamm, genannt Gigi. Die Konstanzer sprachen das aus, wie man es schreibt. Mir machte es Spaß, es eher englisch zu sprechen: Dschidschi.

Diese Bekanntschaft war durch Peter Brodwolf zustande gekommen, mit dem ich eine längere Affäre hatte. In einer Sommernacht im Juli 1974 habe ich ihn im Stadtgarten aufgegabelt. Peter hatte Friedo dabei. Sie waren Gelegenheitsstricher. Zuhause tranken wir erst etwas und redeten ein bisschen. Dann fragte mich Peter, mit wem ich es denn nun machen wolle und wie. Peter war der schöne Knabe und Wortführer, Friedo eher eine kleine Kröte. Peter war anzumerken, dass er sicher war, selbst der Auserwählte zu sein. Friedo hatte aber etwas, das meine Phantasie anheizte. Peter wartete solange im Schlafzimmer, denn ich machte es lieber im Wohnzimmer auf dem Teppich; er las inzwischen in Gabriele Wohmanns Erzählungsband *Mit einem Messer*, der Erstausgabe von 1958, die noch unter ihrem Mädchennamen Gabriele Guyot erschienen war, und der auf meinem Nachttisch lag. Klingt sau gut, sagte er hinterher. Friedo steckte das Geld ein und Peter fragte, ob sie mal wiederkommen sollen. Ich gab ihm meine Telefonnummer.

Das nächste Mal kam Peter alleine. Friedo war aus einem Fenster der Elternwohnung gefallen und gleich tot gewesen. Peter meinte: *Gesprungen!* Er kam jetzt ein bis zweimal die Woche. Manchmal brachte er Timo mit, Lehrling in der Tischlerei seines Vaters. Timo machte mir Regalbretter an die Wand, für meine Bücher. Peter war Azubi bei einer Konstanzer Elektrofirma, ein Motorradfreak. Trotz meiner Geldspritzen reichte es aber nur für eine Kreidler Florett. Im Herbst 1976 zog ich in die Walliser Straße um. Natürlich wollte Peter den Umzug machen und die alte Wohnung renovieren und in der neuen die Elektrik installieren. Als Gehilfen hatte er Gigi angeheuert. Gigi war Malerlehrling gewesen, jetzt aber arbeitslos. Eine Lehre war nichts für ihn, er raffte es nicht und wusste eh schon alles. Peter musste ja tagsüber in seiner Firma arbeiten und war abends für das Strategische zuständig, wie er das nannte, so dass ich es meistens mit Gigi zu tun hatte, der in meiner alten Wohnung herum malerte. Das heißt, ich kreuzte öfter als nötig dort auf und hielt Gigi von der Arbeit ab. Gigi war nämlich ein ganz besonders exotisches Exemplar von Knabe. Einerseits sehr mädchenhaft, andererseits im Rockeroutfit. Oft lotste ich ihn von der Arbeit weg und lud ihn in die Pizzeria ins benachbarte Radolfzell ein. Dort war ich weniger bekannt als in Konstanz und genoß es, wenn sich die Leute nach uns umdrehten. Peter meckerte mit ihm, daß die Arbeit nicht voran ging. Er selbst hatte die Elektroinstallationen in meiner neuen Wohnung schon fast fertig. Timo baute sechzig Meter Bücherregale ein, damit ich endlich meine Bibliothek komplett aufstellen konnte. Lampen, Kabel, Steckdosen, Schalter und Holzplatten spendeten Peters und Timos Arbeitgeber – sozusagen. Besonders anstrengend war die Zeit der Umzugsarbeiten dadurch, dass Peter auch die üblichen Sexdienste erbringen wollte – und ich zusätzlich mit Gigi durch die Lokale zog.

Hugo hatte mir erzählt, dass man es auch mit Gigi treiben kann, so halb jedenfalls. Bei Hugo lief es so ab: Gigi saß in voller Rockermontur im grünen Sessel der Couchgarnitur (im Bauhausstil). Lässig hingefläzt, Becken vorgeschoben. An den Füßen ungepflegte Motorradstiefel, darüber knallenge Jeans, die mal weiß waren, oben ein Kapuzenshirt und darüber eine abgewetzte, schwarze kurze Lederjacke. In den Händen hatte er einen Revolver, mit dem er herumhantierte und spielte. Vermutlich ein Schreckschuss- und Gasrevolver. Scheinbar brauchte er es, bewaffnet zu sein. Hugo kniete vor dem Sessel, hatte die Hose aufgeknöpft und den Schwanz rausgeholt, er sagte:

„Hast du was dagegen, wenn ich mir vor dir einen runterhole?" Gigi sagte:

„Wenn ich davon nichts mitkriege, kannst du machen was du willst."

Er beschäftigte sich weiter mit der Pistole, kippte den Lauf und blies durch. Er ließ die Trommel surren. Hugo leckte ihm die Stiefel und rieb den Schwanz an den langen Schenkeln und den spitzen Knien. Gigi spuckte ihm eine Ladung Rotze ins Gesicht und die Spucke tropfte auf Hugos Stiefel.

„Hier, sagte er dabei, „damit du nicht ganz leer ausgehst. Ist geile Rocker-Rotze, he?"

„An meinen Arsch kommst du aber nicht ran, da sitze ich nämlich drauf."

„Wie ich dich kenne, würdest du mir gerne an den Arsch gehen, gib`s zu!"

„Hier, leck meine Füße, du Drecksau. Geil, so ein Rocker, wie?" Als er merkte, dass Hugos Erregung sich dem Höhepunkt näherte, sagte er:

„Wenn du mich anspritzt, kriegst du aufs Maul – damit das klar ist!" Hugo spritzte an ihm vorbei, Gigi zielte mit dem Revolver auf seinen Kopf, machte zwei Lippenlaute, die Schüsse imitieren sollten und ließ den Lauf der Waffe zweimal nach oben wippen, als sei das der Rückstoß nach abgegebenen Schüssen.

„Und?", sagte er, „hat es Spaß gemacht?"

Gigi gab sich als Schwulenhasser, der jedem Typ aufs Maul haut, der ihn bloß ansieht. Bei mir machte er eine Ausnahme, weil ich Peters Kumpel war und überhaupt ganz anders als die normalen Schwulen. Sagte er. Und glaubte er. Und irgendwie stimmte es ja auch. Dauernd erzählte er von Schwulen, die ihn anmachen wollten und denen er *fast* aufs Maul gehauen hatte. Aber dann war er noch mal gnädig gewesen. Mir wurde alles etwas viel. Die Burschen wollten ja nicht nur Geld, sondern auch Unterhaltung und Ratschläge zur Entwirrung ihrer komplizierten Lebensverhältnisse. Ich hatte auch Sorge, der freundschaftliche Aspekt könnte zu stark werden und meine Sex-Interessen könnten abflauen. Außerdem ging eine Menge Geld drauf. Nachdem ich das Umzugs-Chaos halbwegs überstanden hatte, machte ich den Dreien klar, dass ich jetzt etwas mehr Ruhe haben wollte. Als junger, angestellter Rechtsanwalt hatte ich auch viel mit meinem Job zu tun, es ging mir noch nicht so routiniert von der Hand. Ich durfte mich nicht allzu sehr durch ein ausschweifendes Leben mit Amateur-Strichern ablenken lassen, die hauptsächlich einen gratis Lebensberater und Banker suchten, der immer für sie da war.

Sozusagen postwendend rief Gigi an, ganz aufgeregt. Er war nach Singen getrampt um Haschisch zu kaufen. Auf dem Rückweg hatte ihn einer mit einem grünen Schirokko mitgenommen.

„Der Fahrer war natürlich schwul."

Natürlich hatte Gigi ihn vor die Alternative gestellt: Entweder eine aufs Maul – oder doppelter Preis. So zieht man Kohle! Der Schwule ist *natürlich* gleich darauf eingestiegen.

Allerdings hatte sich dann herausgestellt, dass es ein Perverser der härteren Sorte war, der eine stundenlange intensive Sonderbehandlung brauchte. Zuerst im Auto. Er wollte kommandiert, angebrüllt und beleidigt werden. Und immer ins Gesicht gerotzt.

„Na, da kennst du dich doch aus", sagte ich (und hatte mich halb verplappert).

Mehrfach hat er angehalten und sich immer mehr ausgezogen. Er wollte beim Nackt-Fahren gewichst und gequetscht werden. Bei 120 km/h auf der Autobahn sollte Gigi ihn anpissen. Im Sitzen vom Beifahrersitz zum Fahrersitz rüber.

„Wenn wir in eine Polizeikontrolle gekommen wären, hätte man uns gleich in die Klapse eingewiesen."

Gigi selber sei fast durchgedreht bei dem Gebrüll und Gesabber, das der Typ veranstaltete.

„Sowas kannst Du eigentlich nur mit Koks aushalten."

Zum Schluss sind sie auf ein leeres Ufergrundstück in Litzelstetten gefahren, wo *die Post abging.*

Danach war dann das Problem entstanden. Gigi hat das Geld *natürlich gleich* in Alk umgesetzt, mit Roland und ein paar anderen Kumpels. Als sie nach Hause wollten, haben sie ein Motorrad *ausgeliehen*, das vor dem *Latifa* abgestellt war. Und jetzt, Monate später, hatten sie eine Anklageschrift wegen Diebstahls ins Haus bekommen. Dabei war das doch bloß eine Gebrauchsanmaßung gewesen. Jeder weiß doch, was eine Gebrauchsanmaßung ist. Wegen ihm sei das ja nicht so schlimm, seinen Eltern geht das am Arsch vorbei.

„Aber der Alte von Roland macht Terror. Richtigen Psychoterror. Rolands Mutter ist verzweifelt. Du bist doch Anwalt und weißt im Strafrecht Bescheid." Er wollte mal mit dem Roland und dessen Mutter zu mir kommen – für eine kleine Beratung.

„Vielleicht kannst Du die Alte etwas beruhigen."

Frau Nagiller war eine große blonde Frau, ihr Sohn Roland ein großer blonder Bub. Sie war straff, er etwas schwammig. Sie war die Chefin der Zeitschriftenabteilung im Kaufhaus Karstadt, ihr Mann Hausmeister beim Deutschen Zoll.

„Er holt seinen Kollegen jeden Morgen Fleischkäsbrötle vom Metzger zum Vespern, er ist sehr beliebt", sagte sie. „Eigentlich ist er schwach, eigentlich habe ich das Sagen. Bloß beim Roland markiert er den Chef. Vor allem ist er ungerecht. Der Roland kann ihm nichts recht machen. Immer meckert er an ihm rum. Und jetzt die Sache mit dem Motorrad. Der Roland geht noch kaputt darüber. Neuerdings spricht der Anton nicht mal mehr mit ihm."

„Der Ritchie dagegen darf alles machen. Das ist Rolands jüngerer Bruder. Dabei ist der Ritchie der Teufel in Person, der endet mal als Verbrecher. Das ganze Gegenteil vom Roland, smart und frech. Der macht was er will. Am Wochenende fährt er nach Zürich und bleibt über Nacht. Dauernd rufen wildfremde Schweizer Männer an und fragen nach ihm. Er hat die Schule geschmissen und denkt nicht daran, eine Lehre zu machen. Er schmeißt mit Geld um sich und lädt seinen Vater zum Essen ins *Barbarossa* ein. Und was macht der Anton? Der Anton sagt zu allem Ja und Amen was der Ritchie macht. Ritchie hier und Ritchie da, denn Ritchie lächelt und macht Witzchen über alles. Aber dass er lügt und alles verlogen ist, was er tut, das übersieht der Anton. Der Roland ist etwas linkisch, aber will es allen recht machen. Er gibt sich immer Mühe. Aber für den Anton macht er alles falsch. Jetzt spricht er nicht mal mehr mit ihm."

„Aha."

Der arme Roland saß bedeppert da. Ich machte den beiden etwas Mut.

„Der unbefugte Gebrauch wird zwar zu einem Diebstahl, wenn das Motorrad nicht zurückgestellt, sondern irgendwo abgestellt wird, wo der Eigentümer es nicht findet und jeder Fremde Zugriff darauf hat. Aber Roland wird noch nach dem Jugendstrafrecht beurteilt werden. Und da gibt es nur eine Verwarnung und eine Auflage mit gemeinnützigen Diensten. Dieser Diebstahl wird auch nicht ins Führungszeugnis eingetragen. Sagen Sie Ihrem Mann, sowas machen viele Jugendliche, das ist nicht so schlimm und bei Gericht eine Routinegeschichte."

Was sie über den Ritchie erzählt hatte, beschäftigte meine Phantasie. Ein paar Mal parkierte ich gegenüber der Wohnung Nagiller an der Fähre-Anlegestelle und wartete, ob ein Boy rauskommt oder reingeht, der es hätte sein können. Sie wohnten in der Rheinstraße rechts neben dem *Costa*, da trank ich manchmal ein Bier. Es kam aber kein Boy, auf den die Beschreibung zutraf. Vielleicht war er für länger in Zürich. Dann vergaß ich den Ritchie wieder.

Vielleicht ein Jahr später wurde ich wieder an ihn erinnert. Es war abends, und ich bekam einen Anruf von Hugo Quiatkowski, den ich aus der *Zasiusstube* kannte, einem Schwulenlokal, wo wir beide Gäste waren. Wir hatten schon öfter miteinander gesprochen. Er war Taxifahrer, eine dünne Superschwuchtel, der aber ein Faible für Jungens hatte. Er kam gleich zur Sache. Er hatte einen netten Typ an der Hand, Ritchie, noch ziemlich jung, sehr schlank, sehr blond, mit blaugrünen Augen, so schwärmte er – der wäre bestimmt mein Fall. Einfach ein Traum-Boy! Er macht auch alles mit und ist ein netter lustiger Typ.

„Aber auf die Dauer nervt er natürlich, wenn man nicht mehr dreißig ist."

Deshalb musste Hugo ihn jetzt mal eine Zeitlang woanders *zwischenparken*. Er hatte ihn auch übernommen, von dem Spreizer, als der noch lebte.

„Du weißt doch, der Spreizer, der als Bürgermeister kandidiert hatte. Aus Jux sozusagen, ohne jede Chance. Dann hat der *Seekurier* über seinen Lebenswandel geschrieben und er hat sich im Loretto-Wald mit Benzin übergossen und angezündet."

„Der Spreizer war irgendwie nicht mehr ganz dicht zuletzt. Ich würde dir den Ritchie einfach mal schicken, und du schaust ihn dir an. Ich will ihn nicht an irgendeinen Idioten vermitteln."

Ich war inzwischen nervös geworden. Eine Bekanntschaft mit diesem Ritchie erschien mir attraktiv. Aber ich lehnte ab. Ich hatte meine Prinzipien. Ich übernehme keine abgelegten Boys und ich will keine Mitwisser.

Wieder verstrich einige Zeit. Eines Abends erschien der alte, schon ziemlich abgelutschte Stricher Jimmy, der wirklich so hieß und nicht Jakob oder James, und holte mich vom Schreibtisch weg. Ich saß über Notizen zu einem Plädoyer und trank Kräutertee, *Omas Kräutergarten*.

„Mit dir ist auch gar nichts mehr los. Los, wir machen mal wieder was, du wirst sonst alt." Ich hielt die große Oma-Tasse in den Händen und schaute durch den Wasserdampf.

„Zuerst gehen wir in den *Münsterhof* Schnecken essen. Anschließend in die *Katakombe*, muss ja nicht so spät werden. Ich bin auch ganz sparsam."

Meine Zuneigung zu Jimmy hatte stark nachgelassen, ich fühlte beinahe etwas Feindseliges. Er war kein richtiger Stricher, wir waren fast etwas befreundet gewesen. Ein bis zweimal die Woche blieb er über Nacht. Morgens bekam er etwas „Taschengeld", um über den Tag zu kommen. Dann war er plötzlich weg, ohne dass er es vorher auch nur angedeutet hätte. Bloß eine Haarbürste voller Haare hatte er auf dem Wasserkasten des Kloetts vergessen. Später kam eine angeberische Ansichtskarte aus Berlin – im Stil eines Weltreisenden an den zurück gebliebenen Kleinstädter. Jetzt, nach einem halben Jahr, war er ebenso überraschend wieder zurück und gleich sollte ich ihm den Unterhalter spielen. Vermutlich wollte er eine kleine Erholungspause von der Großstadt einlegen, um nicht ganz zum Junkie zu werden.

Er gefiel mir nicht mehr richtig. Die langen blonden Haare etwas zu lang, etwas strähnig, etwas wellig, etwas zu mädchenhaft. Die blauen Augen leicht milchig. Die schmale Gestalt untrainiert und sehnig. Wie ein Grillhähnchen, dachte ich, geht leicht vom Knochen. Er machte mich nicht mehr richtig scharf. Aber ich war einverstanden, es war eine Gelegenheit, mich mal wieder abzulenken. In Begleitung eines Jungen ist es leichter mit anderen Jungen in Kontakt zu kommen. Ich war ein bisschen einsam geworden in der letzten Zeit, hatte die Jagd reduzieren wollen und war dann zu sehr in im abendlichen Alleinsein versunken.

Im *Münsterhof* tranken wir Edelzwicker und aßen Käsewürfel dazu. Schnecken waren ausgegangen. Elsässer Edelzwicker war damals Mode. Die Käsewürfel sollten Schweizer Emmentaler sein, waren aber pappig und geschmacksneutral. Jimmy hantierte großartig mit einer riesigen Pfeffermühle. Nach der Kräutertee-Kur wirkte der Wein stark bei mir, so dass ich schon aufgedreht in der *Katakombe* ankam und mich gleich zu einem Billardspiel überreden ließ. Das heißt, ich mimte natürlich nur den Billardspieler, wir standen mehr um den Billardtisch herum, als dass wir echt spielten. Es gehörte bei der Jugend, die abends in Discos ging, dazu, so zu tun, als könne man Billard spielen. Und ich musste dazu noch so tun, als würde ich zur Jugend gehören.

Der Billardtisch befand sich in einem abgedunkelten Nebenzimmer außerhalb der musikalischen Dröhn- und Tanz-Zone. Er wurde von oben gut mit Halogenstrahlern ausgeleuchtet. Senkrecht an den Wänden standen Tische und

Bänke, die von Trennwänden zu Nischen abgeteilt waren. An der Grenze zwischen dem Licht und der Dunkelheit, auf der Stirnseite einer Bank, saß ein Jüngling und sah uns beim Billardspiel zu. Jimmy sagte zu mir:

„He, du bist dran!" Der Jüngling, der mir in seinem Alleinsein sehr brav und unerreichbar solide erschien, sagte zu Jimmy:

„Ist das dein Onkel, oder was?" Erst sah er uns ein bisschen zu, dann spielte er eine Runde mit und dann fragte er:

„Und was machen wir jetzt mit dem angebrochenen Abend?"

Ich starrte ihm dauernd in die Augen, ich geriet in Trance, ich versank fast. Seine Augen waren ganz grün. Sein linkes Auge war etwas kleiner als das rechte, er schielte ein ganz kleines bisschen, nach innen.

Es war gar nicht so einfach, Jimmy abzuschütteln. Bis gegen 3 Uhr waren wir im *Café Born*, erst dann war er so betrunken, dass er freiwillig ging.

„Der war aber hartnäckig", sagte der Boy, der Ritchie hieß.

„Du bist also der Moritz Brecht", sagte er. „Ich hatte ja schon vermutet, dass du schwul bist - als meine Mutter damals nachhause kam und dich in den höchsten Tönen lobte. Ein Rechtsanwalt, der sich um die kleinen Leute sorgt! Nicht so ein Idiot wie der Anton. Aber irgendwie komisch, dass sich ein studierter Mann mit dem Gigi befreundet hatte, hat sie gesagt. Denn der Gigi ist doch ein kleiner Asi oder nicht? Soll ich dir mal was zeigen? Dann traust du deinen Augen nicht!" Ritchie zog sein Sweatshirt über die rechte

Schulter hoch und streckte mir den Oberarm hin. Er zeigte darauf:

„Lies mal was da steht!" Er war eine schmächtige Gestalt, etwas knochig, ein sehr magerer Athlet. Auf die Außenseite des Oberarms war ein kleiner Totenkopf tätowiert – und darunter standen die Buchstaben *MB*, wie die Initialen für Moritz Brecht, dachte ich.

„Da staunst Du, was!" Ich starrte darauf.

„Aber bilde dir bloß nichts ein. Bisher hieß es nämlich Manuel Busam, genannt *Die Busamratte*. Der hat sich da verewigt, als ich neulich in Zürich drei Tage in Abschiebehaft saß. Angeblich bin ich anschaffen gegangen und habe gedealt. Die Schweizer Polizei ist ziemlich brutal. Doch ich komme überall klar. Von mir aus heißt es ab jetzt eben Moritz Brecht, wenn du willst!"

Ich war sprachlos. Auch ziemlich betrunken. Ein starkes Verlangen hatte mich am Wickel, ein fast heiliges Gefühl. Wir verließen die Toilette des *Café Born*.

Ritchie und ich liefen durch den Schnee zu mir nach Hause. Es war ein kalter Wintertag Anfang März, kurz vor Fasnacht. Nachdem es eine Woche nur sonnig gewesen war und man schon den Frühling zu fühlen meinte, hatte es abends zu schneien begonnen – und jetzt lag die Pampe da und tropfte von Bäumen und Dachrinnen. Versprengte Reste von Tschudigruppen tauchten aus dem Straßennebel hervor. Alle fluchten über diesen Wintereinbruch. Frühaufsteher fegten ihre Autos ab und kratzten das Eis von den Scheiben. Ritchie machte große Schritte und zog die Beine voll durch – eine verhaltene, knabenhafte Art des Stechschrittes. Er sagte:

„Das hat mir mal ein Bahnhofsstricher beigebracht. Wenn du große Schritte machst, wirken die Beine länger und der Arsch kleiner."

Die Wohnung war durch die hochgedrehte Heizung überheizt und muffig. Während ich überall das Licht anmachte (ich wollte meine Beute gut sehen können), Musik anmachte und Teewasser aufstellte, ging er hin und her – aber nicht nervös, sondern wie ein Rennpferd, das seine gute Form demonstriert. Seine Beine in der engen Jeans waren schlank, die Oberschenkel scheuerten innen nicht aneinander und reichten mit einem schmalen Zwischenraum bis zwischen die Arschbacken; man konnte sozusagen von hinten durch den Arsch hindurchsehen. Durch seine auffällige Blondheit, seine zarte blasse Haut und die knabenhafte Schlankheit wirkte er irgendwie *sauber*. Dabei waren die Jeans abgewetzt, der Stoff an den Schenkeln und die Nähte speckig und die Knie ausgebeult mit Zieharmonikafalten in den Kniekehlen, was ihm einen Hauch von Verwahrlosung gab. Das Sweatshirt stammte schätzungsweise noch aus Kinderzeiten, aber jetzt war es sexy, so knapp.

„Schöne Wohnung hast Du da", sagte Ritchie. „Bist du eigentlich schwul oder pervers?"

Die Frage hatte mir schon mal einer gestellt, vor ein paar Jahren, ein Freund von Jimmy, Werner. Er hatte mich damit in Verlegenheit gebracht. Ich hatte bestimmte Vorlieben und Sonderwünsche entwickelt, aber *pervers* empfand ich als böses Etikett – und ich wollte doch gemocht werden. Es war die Zeit, als es sich gerade einbürgerte, *schwul* nicht mehr als Schimpfwort zu empfinden oder zu benutzen. Schwule sind doch was ganz Normales, sollte jetzt die herrschende Volksmeinung sein. Aber bei Perversen dachte man an etwas Schlimmes, an Kinderschänder und Mörder, an harte SM-Sessions oder an lächerliche Rollenspiele, bei denen sich bärtige Männer in Dienstmädchen-Outfits zwängten und herumkommandieren ließen. Sie putzten die Wohnung für ihren Meister, pinkelten sich dabei in den Schlüpfer und wurden peinlich zur Rede gestellt, wobei ihnen einer abging. Mein Empfinden war damals, Werner habe mit der Frage prüfen wollen, ob er sich mit mir einlassen könne. Bei der Antwort *schwul*: Ja! Und bei der Antwort *pervers*: Keinesfalls! Jetzt reagierte ich lockerer auf Ritchies Frage. Ich wusste inzwischen auch, dass es eine typische Stricherfrage war. Er wollte wissen, was ansteht. Ich antwortete mit einer Gegenfrage:

„Wie wäre es dir denn lieber?" Oder so ähnlich.

„Ich mache es lieber mit Perversen", sagte Ritchie mit einem knabenhaft-schüchternen Unterton, so dass mir nicht klar war, ob er es ernst meinte.

„Wieso?"

„Ich mache gerne diese kinky Sachen. Ich mag`s halt gerne, wenn ich die Typen behandeln kann. Es ist mir angenehm, Leute zu befriedigen und das irgendwie wie Arbeit ableisten. Mit Schwulen komm ich nicht klar, vor allem nicht mit Tunten. Dauernd musst du dir was einfallen lassen – und ob es das Richtige war, kannst du nur ahnen. Soll ich den jetzt küssen und ihm ins Ohr hauchen *ich liebe dich* oder *ooch bist du geil* und ihm einen blasen oder was? Und irgendwann kommt ihm ein kleiner Orgasmus mit einem kleinen Samenerguss. Anschließend erklärt er dir, dass du viel zu schade für das Strichersein bist. Er will mit dir in den Urlaub fahren, nach Mallorca. Sie wollen dich retten. Sie reden dir ein, dass du einen väterlichen Freund brauchst, der es ehrlich mit dir meint. Und natürlich zahlen sie immer ungerne und immer schön knapp. Alle guten Typen, die ich kenne, sind pervers."

Ich bohrte etwas nach.

„Perverse wissen, was sie wollen. Du bekommst genau gesagt, wie du es ihnen besorgen sollst. Und es gefällt mir, dass der Orgasmus nicht nur ein Samenerguss war, sondern meistens eine Explosion."

„Bei den Perversen geht es richtig ab! Die meisten geraten in Extase und spritzen meterweit. Sie brüllen und sabbern. Wie auf Droge. Da merkst du, wenn du es richtig gemacht hast. Okay, manchmal sind die Sitzungen etwas lang und stressig. Wenn du jemanden zwei Stunden mit der Peitsche bearbeitest, fällt dir fast der Arm ab. Und wenn du in einer Gummimaske steckst, die nur Nasenöffnungen hat und dazu glitschige Gummihandschuhe an den Fingern, kannst du nicht rauchen. Und du kriegst fast die Krise ohne Nikotin. Oder sie wollen deine Faust im Arsch haben, du sollst sie immer schön drehen, die Faust ... was meinst du, wie lange das geht, bis du die Ameisen kriegst? Aber die Typen jodeln richtig im Rausch, das feuert dich an. Und je härter die Arbeit, umso mehr Kohle! Mit den meisten Perversen kann man gut auskommen. Manche haben eine Therapie gemacht und kennen ihre Macken ganz gut. Perverse haben die besseren Jobs, mehr Geld und mehr Grips als normale Schwule. Keiner wollte mich bisher zu einem besseren Menschen machen. Sie sind froh, dass ich ihre Spezialwünsche erfülle, sie wollen mich immer noch mehr zum Stricher machen. Die perverse Phantasie steigert sich ja, sie wollen es immer extremer, sie brauchen einen totalen Strichertyp, der das alles mitmacht und nicht eines Tages sagt: Nee, mach ich nicht, wird mir jetzt zu viel. Du sollst einer sein, der sagt: Es gibt nichts, was ich nicht mache – wenn die Kohle stimmt. Je härter und dreckiger, desto besser! Nur für richtig harte Touren gibt es das große Geld." So ungefähr redete der Ritchie. Ich habe es ein bisschen zusammengefasst. Aber jetzt wollte er bitteschön von mir hören, was ich bin und wie ich`s brauche.

Ich sagte es ihm.

Acht Jahre lebten wir zusammen, dann verschwand er. Er hatte es schon einige Zeit angekündigt, dass er zurück müsse.

Ritchie erzählt dies und das

Ich frage Ritchie etwas. Er antwortet. Er antwortet sogar sehr gerne. Und sehr gerne sehr weitschweifig. Reden gehört zu seinen Lieblingsbeschäftigungen. Manchmal sagt er:

„Los, frag mich mal was!"

Also frage ich ihn was und er quasselt drauf los. Besonders wenn er *gut gesattelt* ist, wie er das nennt. Ich muss sagen, ich habe es auch gerne, wenn er mich vollquasselt. Ich höre mir das gerne an. Manchmal habe ich es schon auf Tonband aufgenommen. Manchmal mache ich mir Notizen hinterher. Irgendwie finde ich es schade, dass das Meiste, was er sagt, so verpufft oder nur Erinnerung wird.

Ich habe ihn auch schon beim Reden fotografiert. Es sind immer schöne Fotos geworden. Wenn man andere beim Reden fotografiert, macht die ja meistens der offene Mund häßlich.

Ich fragte Ritchie, wie er früher so aussah, als kleiner Junge, wie er sich so an sich erinnert. Ich habe es etwas gekürzt und geordnet. Ungefähr sagte er das:

„Ich war ja ein hübscher Junge. Sehr schlank, mittelgroß, leuchtend blond. Nicht so ein wohlgenährtes Riesen-Kalb wie die neuen Jungen. Eher ein athletischer Typ, aber dabei sehr mager. Dadurch vielleicht ein bisschen zu knochig wirkend, nicht so wie diese ganz zarten Knabentypen. Und auch nicht mit starken Muskeln, aber alles fest, straff. Auch bisschen was Zartes, jedenfalls von der Haut her. Meine Haut ist sehr weich, kleinporig. Sie ist ganz glatt und angenehm anzufassen. Auch als Mann wirke ich immer noch knabenhaft, nur wenig behaart am Körper, aber auch nicht ganz unbehaart wie ein Baby. Eben gerade richtig – wie die Typen es mögen. Arsch muß ich ja nicht besonders erwähnen, oder?

Ein angenehmes kleines Gesicht und eine gute Kopfform, also mit ordentlichem Hinterkopf. Das glatte Haar verteilt sich apart über den Kopf. Nicht wie bei einer richtigen Pilzfrisur, sondern irgendwie schmaler, wenn man von vorne draufsieht. Der Friseur gibt sich immer große Mühe, es mir schön zu schneiden. Er sagt, das ist aber ein Vergnügen, einem so hübschen Jungen die Haare zu schneiden.

Ein Typ hat mal gesagt: *Du bist aber ein rassiger Fetzen Gosse.* Das hat mir gefallen. Sogar *Eine hübsche verwahrloste Gestalt* oder so find ich als Kompliment. Ich selbst finde mich vor allem *blass-hübsch* – alles andere kommt von außen.

Meine Augen sind richtig grün mit einem leichten Blaustich. Jedenfalls nichts Braunes drunter gemischt. Grüngrün-blau würde ich sagen. Nicht zu hell, nicht etwa wässerig wirkend. Der Blick wirkt nicht direkt gefährlich, aber er wirkt stark auf andere. Das ist jedenfalls mein Gefühl, vor allem auf Männer, finde ich. Sie kucken mich alle so schräg an, oft direkt in die Augen. Ich kucke immer als letzter weg.

Der Witz ist, dass ich als kleiner Junge große Probleme mit den Augen hatte. Das linke Auge hatte eine starke Sehschwäche. Ich konnte nicht so gut damit sehen wie mit dem rechten, und es schielte ziemlich nach innen. Ich sah meine Nase von links her. Deshalb verpasste mir der Augenarzt eine fiese rosa Augenklappe für das rechte Auge, das gute. Ich konnte dann also nur mit dem schlechten Auge sehen. Das sollte trainiert werden, vor allem die Muskeln, das Schielen sollte so weggehen. Später bekam ich dann eine sogenannte *Schielbrille*. Wo das schlechte Auge war, war Fensterglas drin, auf der anderen Seite war das Glas so matt, dass ich kaum durchsehen konnte. Oje, auch der nettste Boy sieht mit Augenklappe oder Schielbrille wie ein Behinderter aus. Deine ganze Schönheit verflüchtigt sich, du bist nur noch eine arme Spasti-Sau. Die anderen Kinder lachen über dich. Umso komischer fand ich, dass später, als ich diese Hilfsmittel nicht mehr tragen musste, alle Schwulen zu mir sagten, ich hätte *wahnsinnige Augen*. Sie sagten nicht *wahnsinnig schöne* Augen, sie sagten, ich hätte *einen irre geilen Blick*. Wenn ich sie ankucken würde, würde ihnen das durch und durch gehen. In meinen Augen könnte man glatt ertrinken usw. Sie sagen:

Ich werde schon geil, wenn du mich bloß anschaust. Oder sie sagen:

Kuck doch nicht so, da wird einem ja ganz anders. Immer haben sie es mit meinen Augen. Ich denke dann immer, das ist jetzt die Belohnung dafür, dass ich immer so tapfer war, wenn ich mit der Augenklappe rumlaufen musste und verspottet wurde. Gottseidank war ich aber schon damals nicht auf die anderen Kinder angewiesen. Ich hatte meinen ersten Freier schon zu der Zeit, als ich noch die Augenklappe hatte. Ich war elf, er mochte mich auch mit der Klappe. Und auf der Klappe! Kleines Wortspiel!

Jetzt habe ich aber wieder öfter Probleme mit den Augen. Wahrscheinlich durch die Drogen. Scheinbar wirken die muskelentspannend und das linke Auge schielt wieder mehr. Aber nur, wenn ich richtig zugeknallt bin.

Ich war schon früh ein Einzelgänger. Ich glaube, das kam durch die Augengeschichte. Wenn wir im Schwimmbad auf unseren Handtüchern lagen und rumblödelten, stand ich oft auf und ging alleine durch die Anlage. Ich hatte schon als ganz junger Typ das Gefühl, dass viele Ältere mich anstarren und mir hinterhersehen. Vor allem Männer. Aber so viele Schwule kann es ja eigentlich gar nicht geben.

Es ist so, dass ich mich fast als asexuell bezeichnen würde. Dabei habe ich ja dauernd Sex im Kopf und dauernd treibe ich es mit irgendwem. Ich meine es so, dass der Orgasmus mir nicht so viel bedeutet, dass ich mir andauernd einen runterholen muss. Oder jemanden ficken muss oder so. Aber ich finde es gut, wenn jemand mit mir Sex haben will. Scheinbar sehen die mir das auch an, dass sie es mit mir machen können. Ich denke ja auch bei jedem, der mir über den Weg läuft: Ist der normal? Oder ist der schwul? Oder ist der pervers? Das geht in der Realität blitzschnell. Wie der Biss einer Klapperschlange. Irgendwie weiß ich sofort was Sache ist. Du hast es ja schon selbst miterlebt. Wir steigen auf dem Parkplatz einer Autobahn-Raststätte aus. Uns kommt ein LKW-Fahrer entgegen. Ich kucke den an und sage: Na, wie wäre es mit uns beiden. Er sagt: Willst Du aufs Maul oder was? Ich sage: Nee, ich dachte du hast vielleicht Lust auf ne kleine Nummer in deiner Koje. Und schon gings zur Sache.

Er war zufrieden, ich hatte schnelle 50 Steine verdient – nur du warst sauer, weil du blöd rumstehen musstest und eifersüchtig warst."

„Ich habe ein Weizenbier getrunken inzwischen und mir nichts anmerken lassen," sagte ich.

„Ich treibe es wirklich gerne mit den Typen. Ich habe ein großes Herz und mache alles mit. Auch die ganz schrägen Touren. Ich habe immer einen guten Draht zu den Perversen. Ein bisschen beneide ich sie für ihre komischen Obsessionen, die es ihnen ermöglicht, sich extrem sexuell zu erregen. Mir gefällt es, wenn die Perversen total abfahren, wenn ich irgendetwas Komisches für sie mache. Ich spiele ihre Spielchen mit, die sie hochputschen. Was ist schon dabei, jemandem in einen alten Turnschuh zu scheißen, und er zieht ihn dann an und wichst sich wie irre. Der Turnschuh wirkt wie eine Droge bei den Typen – und ich bin der Dealer. Gut gesagt, oder? Manchmal bin ich sogar selbst die Droge. Ich verpasse ihnen die gewünschte Dosis und dann knallt es in ihrem Schädel, wie bei einem Junkie eine Prise Koks oder 20 Kodein. Ich habe meistens so einen halbsteifen Schwanz oder einen viertel Orgasmus im Bauch und im Kopf. So ganz beiläufig, ich beachte es kaum. Aber ich fühle mich immer wohl in meiner Haut. Man kann es nicht oft genug wiederholen!"

Der Durchbruch

„Warum hast du eigentlich zwei Wohnungen?", fragte Ritchie.

„Weil mir eine Wohnung zu klein ist", sagte ich. Es war klar, worauf er hinauswollte.

Es ist so, dass ich zuerst die Zwei-Zimmer-Wohnung gekauft habe, in der ich wohne. Sie hat ein großes Wohnzimmer, in dem ich auch am Schreibtisch arbeite, und ein kleines Schlafzimmer. Die Wohnung wurde immer beengter, weil sich so viel Zeugs ansammelte, hauptsächlich Bücher und Gemälde mit den notwendigen Regalen und Ablageschränken.

Links neben dieser Wohnung befindet sich ein winziges Ein-Zimmer-Appartement. Eines Tages zog der Nachbar aus. Die Wohnung stand lange leer. Dann kamen öfter Leute, die sie sich ansahen. Ich dachte, das sind Mietinteressenten. Dann hörte ich, dass die Wohnung zwangsversteigert werden sollte, es waren potentielle Käufer. Der Nachbar hatte Pleite gemacht, die Bank seine Wohnung gepfändet und jetzt sollte sie zu Geld gemacht werden. Beim Amtsgericht erfragte ich Preis und Termin, und es gelang mir, die Wohnung günstig zu ersteigern.

Ich hatte keinen Wanddurchbruch gemacht. Beide Wohnungen hatten einen gemeinsamen Balkon, der nur durch eine Wand aus geriffeltem Glas abgetrennt war. Ich ließ die Trennwand abschrauben. Jetzt konnte man durch die Balkontür des Schlafzimmers über den Balkon in die Nachbarwohnung gehen – und umgekehrt. Die neue Mini-Wohnung nutzte ich als Bibliothek und Archiv-Zimmer.

„Das ist doch bloß eine Rumpelkammer", sagte Ritchie, „ein Abstellraum."

„Eben", sagte ich, „ich sagte es schon, die alte Wohnung ist mir zu klein geworden."

An den Wänden neun Billy-Regale mit Büchern, Leitz-Ordnern und Archiv-Schachteln. In der Mitte ein kleines Balkontischchen mit zwei Gartenstühlen, das war alles. Meine alte Wohnung war wieder wohnlich, das ganze Geraffel war aus dem Alltag verbannt.

Wenn ich mal einen fremden Boy mitnahm, der leicht asozial wirkte und Beischlafdiebstahl in Betracht kam, ging ich mit ihm nicht in meine richtige Wohnung, sondern in die kleine Neben-Wohnung.

In einem Karton hatte ich eine Gummimatte und zwei Kopfkissen parat, die ich neben der Sitzgruppe ausbreiten konnte; Handtücher, Tempos, paar Spielzeuge, Poppers usw. Wir tranken und rauchten an dem kleinen Tischchen, Musik kam aus einem kleinen Transistor-Radio – und von Zeit zu Zeit ließen wir uns auf der gepolsterten Matte nieder und trieben ein Spielchen.

„Du hast aber eine komische Wohnung", sagten die Boys, „kein Bett und nur Bücher, hast du die etwa gelesen?"

Offenbar wollte Ritchie, dass ich ihm die Nebenwohnung überlasse. Ist es nicht üblich, dass der Liebhaber für seine Maitresse eine kleine Wohnung anmietet und bezahlt? Und ich hatte sogar schon eine, die eine Rumpelkammer war und immer leer stand. Man hätte sie nur etwas wohnlicher herrichten müssen und Ritchie hätte eine eigene Wohnung gehabt. Er sagte:

„Wenn wir das Appartement etwas ausstaffieren, könnte ich da eine Art *Sex-Werkstatt* aufmachen. Ich müsste nicht dauernd in der Gegend rumreisen zu meinen Freiern. Sie könnten zu mir kommen. Und ich kann eine Anzeige aufgeben: *Sexwerkstatt im Paradies – teuflischer Boy macht dich fertig* oder so. Das bringt Umsatz. Ich kann mehr verlangen, weil ich mir auch eine Ausrüstung für bestimmte perverse Praktiken zulegen kann. Und ich kann auch die absahnen, die Familie haben und keinen Boy mit nach Hause nehmen können. Natürlich zahle ich dir eine ordentliche Miete! Ehrensache!"

Mit dem *Paradies* spielte er auf den Stadtbezirk an, in dem ich wohnte, der hieß so. Und dass im Paradies ein Stricher *teuflisch* sein muss, war ein nettes Wortspiel, fand ich. Ich sagte:

„Und ich bin dann als Zuhälter dran, weil ich die Prostitution fördere!" Ich sagte:

„Und wo soll der ganze Krempel hin, den ich da so schön ausgelagert habe?" Ich sagte:

„Ich brauche das Geld nicht, ich komme auch so aus. Was ich will, ist meine Ruhe, manchmal auch vor dir, wenn du es genau wissen willst." Ritchie sagte:

„Geld kann man nie genug haben. Geld ist geil. Wir machen einen Durchbruch in der Wand. Auf meine Seite kommt ein großer Wandspiegel, wie man ihn für Sex-Spiele sowieso braucht. Und von deiner Seite aus ist er durchsichtig. Du kannst deine Sex-Videos auf den Müll tun. Du kannst dir deine Pornos künftig live anschauen. Das macht dich doch an, wenn du zusehen kannst, wie ich es mit perversen Typen treibe. Ich durchschaue dich doch. Wenn das kein Argument ist, weiß ich auch nicht weiter." So sprach Ritchie.

In der nächsten Zeit sprudelte er nur so über vor Ideen und Argumenten.

„*Sex-Werkstatt* ist vielleicht etwas dröge. Vielleicht ist *Studio für experimentellen Sex* origineller? Oder was meinst du?"

„Wie gesagt, ich will nicht dein Zuhälter sein!"

„Aber mich haarklein ausfragen und ausquetschen, das machst Du gerne, wie?"

„Wie findest du das? *Sex-Arbeiter Ritchie empfängt Dich in seiner Werkstatt im Paradies.* Das ist die Überschrift meiner Kontakt-Anzeige im nächsten TOY."

Ritchie hatte gedacht, es würde eine leichte Sache sein, den Durchbruch selbst durch die Wand zu stemmen. Es war eher eine strategisch anspruchsvolle Maßnahme. Das Haus war ein Stahl-Beton-Bau, da konnte man mit Hammer und Meißel nichts ausrichten. Man brauchte schon einen schweren Betonbohrer und jemanden, der ihn bedienen kann. Zweitens machen Bohrarbeiten in so einem Haus einen Riesen-Lärm, der alle Nachbarn aufstört. Das kann man nicht unbemerkt auf die Schnelle machen. Da gibt es sofort Beschwerden. So etwas muss die Haus-Verwaltung genehmigen. Ich dachte: Wenn schon ein Durchbruch, dann kann man auch gleich eine schmale Tür machen, die ich in der Zeit nach Ritchies Puff-Episode nutzen kann. Aber die Verwaltung lehnte sofort ab. Eine Tür macht aus zwei Wohneinheiten eine, und da muss die Teilungserklärung geändert werden, wofür die Zustimmung aller Wohnungseigentümer erforderlich ist. Das Haus hat 50 Wohnungen mit vielen Eigentümern, da wird es nie Einigkeit geben. Bei einem kleinen Durchbruch von 1 x 1 Meter in Bauch- oder Brust-Höhe sah die Sache dagegen anders aus. Das wäre eine *Durchreiche*, wie man sie zwischen Küche und Esszimmer kennt. Da würde eine einfache Mehrheit genügen. Nach einigem Hin und Her zeigte sich die Verwaltung großzügig und meinte, das könne sie sogar selbst gestatten, dafür brauche man gar keinen Eigentümer-Beschluss. Nun durften wir also.

Das Durchbrechen der Wand und das Aufbrechen zur *Durchreiche* war keine große Geschichte – nur sehr laut und staubig. Jetzt war also das Loch da, und man konnte den Kopf von einer Wohnung in die andere stecken. Die Feinarbeit stand an. Auf meiner Seite hatte ich ja das Schlafzimmer, und ich wollte natürlich auch künftig in Ruhe schlafen und nicht durch Ritchies Werkstatt-Lärm gestört werden. Bloß einen durchsichtigen Spiegel vor die Öffnung hängen war zu wenig. Gerüche würden in mein Schlafzimmer ziehen. Damals wurde noch viel geraucht. Und Sexspiele verursachen Ausdünstungen. Zuerst musste eine schalldichte Verglasung eingebaut werden – auch durch einen Fachmann, versteht sich.

„Ich zahle dir alle deine Investitionen auf Heller und Pfennig zurück", sagte Ritchie.

Als künftiger Geldgeber wollte er auch bei der Ausgestaltung mitreden. Bloß ein Fenster auf meiner Seite fand er ungerecht. Dann konnte ich ja (bei abgehängtem Spiegel) jederzeit auf und zu machen und ihn (je nachdem) aussperren oder bei ihm einsteigen. Also musste auch auf seiner Seite ein Fenster eingebaut werden. Absperren konnte also jeder alleine, aber aufsperren ging nur, wenn beide ihre Fenster öffneten. Naja, ich zahlte auch noch das zweite Fenster, weil ich dachte, dass das sicherlich die Lärmdämmung erhöht.

Nachdem Maurer und Fensterbauer ihre Arbeit gemacht hatten, mussten wir den geplanten durchsichtigen Spiegel besorgen. Er sollte am Fußboden beginnen, mehr als mannshoch sein und zwei Meter breit. Ritchie sagte:

„Ich will aber mitkommen, wenn du den Spiegel kaufst." Ich sagte:

„Gerne, wenn du mir sagst, wo es durchsichtige Spiegel zu kaufen gibt."

Also, wir wussten es nicht. Wir hatten schon viele Kriminalfilme gesehen, wo der Verdächtige unbemerkt von Kripoleuten und dem Opfer durch eine verspiegelte Wand beobachtet wird. Aber wir waren plötzlich nicht mal sicher, ob es solche trickigen Spiegel überhaupt gibt. Vielleicht war das bloß eine kollektive Phantasie, der wir aufgesessen waren. Die Produktionsfirmen der Filme hatten alle Trickabteilungen, die eine solche Illusion leicht bewerkstelligen konnten. Aber der kommende Sex-Arbeiter und sein Voyeur mussten den Plan in die Wirklichkeit überführen. Aber wie?

„Ruf doch mal bei der Kripo an", sagte Ritchie, „die können uns sagen, wo sie diese Spiegel kaufen."

„Meinst du nicht, dass denen das komisch vorkommt? Die werden sich dafür interessieren, wofür wir den Spiegel brauchen."

Es gab ja noch kein Internet, man konnte nicht googeln. Aber ich hatte eine Idee. Es gab professionelle Zauberer oder Magier, die bestimmt solche Spiegel brauchten. Ich suchte im Branchenverzeichnis nach Firmen, die mit Zauberartikeln handeln. Na klar, da war ich halbwegs richtig. Erst mal wurde ich belehrt, dass das nicht *durchsichtiger Spiegel* heißt, sondern *Spiegelglas* oder *Einwegspiegel* oder *Halbspiegel* oder *Überwachungsspiegel*. Ja, sie hatten auch solche Spiegelgläser, aber nicht so groß, wie wir das wollten.

«So große Überwachungsspiegel fallen in den Bereich Sicherheitstechnik, wenden Sie sich an eine Firma für Sicherheit. Kaufhäuser kaufen solche Spiegel.» Die Kundin kann sich im anprobierten Kleid anschauen – und dahinter steht der Detektiv.

Der Überwachungsspiegel war eine teure Sache. Die Investitionen des Voyeurs, der vielleicht gerade dabei war, sich als Zuhälter strafbar zu machen, gingen inzwischen in die Tausende.

Würde Callboy Ritchie die Kohle wieder reinholen?

Blaue Boxershorts

Oft wird in Strafprozessen gefeixt, geblödelt und gelacht. Das machen natürlich nicht die Angeklagten, sondern die Richter, Staatsanwälte, Verteidiger und die Sachverständigen. Man kennt sich und will sich den Tag nicht vermiesen lassen. Ich habe das immer als unpassend empfunden, manchmal war es ekelhaft. Wenn man sich die Figur der Justitia anschaut, die an Gerichtsgebäuden, Rathäusern, Schlössern und anderen öffentlichen Orten angebracht oder aufgestellt ist, dann sieht man: *Justitia lächelt nicht.* Einige wenige Richter wissen darum und handeln danach, sie schauen von Anfang der Sitzung bis zu ihrem Ende leicht grimmig und grinsen und witzeln auch dann nicht, wenn ein Zeuge unbeholfen und unfreiwillig komisch daherredet. Das steckt an; die gleichen Staatsanwälte und Verteidiger, die sonst gerne blödeln, vereisen förmlich in den Prozessen von Richter Keck und Richter Schurhammer. Haben die Angeklagten in den munteren Prozessen ein gutes Gefühl, werden sie mit dem Urteil oft ungut überrascht. In den ernsten Prozessen kommt leicht die Sorge auf, die Sache sei wohl auf ein böses Ende vorprogrammiert; dann ist die Freude groß, wenn sie feststellen, dass der scheinbar so verbiesterte Richter vernünftige und akzeptable Ansichten hat.

Dieses Prinzip lässt sich auf das Gebiet der Sexualität übertragen. Wer sich liebt und gemeinsam Spaß haben will, mag lächeln, scherzen und lachen. Wer aber auf Sex mit starkem Orgasmus aus ist, lacht nicht beim Vollzug. Ein

Partner, der einen sexuellen Wunsch oder eine Phantasie des anderen komisch findet, kann die ganze Session zum Platzen bringen. Eines Tages bekam Ritchie eine Zuschrift auf eine Kontaktanzeige, die er in TOY aufgegeben hatte. Der Interessent schrieb:

„Hallo, dein Foto macht mich sehr an, und nach dem was du schreibst, könnte es bei uns zusammenpassen. Ich bin ein wohlhabender und großzügiger Geschäftsmann in Zürich. 49 Jahre alt, nur 168 cm groß, bloß 55 kg schwer. Bin extrem perverser Maso, brauche einen gnadenlos brutalen Typen, der mich massiv vermöbelt, satt fesselt, grausam foltert, kahlschert und zuletzt aufhängt. Ich will am Strick baumeln. Mein einziger Wunsch ist: Blaue Boxershorts tragen zu dürfen. Wenn Du mir das erlaubst, kannst Du gutes Geld verdienen. Bitte antworte mir nur, wenn du es ernst meinst." Dem Brief war ein schwarz-weiß-Foto beigelegt, das einen kleinen verkniffenen Typ zeigte. Sein Kopf ist um die Mundpartie mit Heftpflaster zugeklebt, die Hände auf dem Rücken mit Kabelbindern gefesselt. Um seinen Hals eine Schlinge mit typischem Henkerknoten, ein straffer Strick ist oben vom Bildrand abgeschnitten; ebenso unten die Füße; vermutlich baumelt er nicht wirklich, sondern steht unten auf einem Hocker oder Kistchen. Er ist nackt mit Ausnahme einer sehr großen, weiten, dunklen kurzen Hose – wohl der begehrten Boxershorts.

Ritchie und ich kuckten uns an, er sehr ernst, ich war kurz vorm Loslachen. Ich sagte:

„Ein reicher Geschäftsmann kann sich doch ne ganze Wagenladung Boxershorts kaufen. Und die könnte er rund um die Uhr tragen, tagsüber unterm Anzug und nachts unterm Pyjama. Dafür muss er sich doch nicht schlagen lassen und Geld bezahlen." Ritchie sagte:

„Sei nicht so hämisch, das ist nicht komisch. Er *will* doch geschlagen werden, und er *will,* dass das Tragen der Boxershorts eine unerlaubte und gefährliche Sache ist. Ich vermute mal, es geht auch noch um eine ganz bestimmte Boxershorts. Vielleicht eine aus seiner Kinderzeit, schon ganz fadenscheinig, nie gewaschen. Oder eine von seinem Vater, der früh gestorben ist. Oder von einem älteren Verwandten, der sexuelle Spielchen mit ihm getrieben hat. Seine Mutter hat ihm das Tragen der Hose verboten, oder sie ist irgendwie aus seinem Leben verschwunden. Und jetzt will er das nachholen, was früher nicht zur Vollendung gekommen ist. Aber nicht als reicher Mann mit einer Wagenladung Boxershorts, sondern als hilfloser kleiner Typ, wie früher, nur dass es heute trotz der ganzen Quälerei ein gutes Ende für ihn nimmt. Dafür bezahlt er. Ich glaube, das ist ein guter Freier für mich – ich besorge es ihm, wie er es braucht, ganz ernsthaft und ohne ihn zu veralbern."

Es handelte sich um den Brugger und war der Beginn von Ritchies Stricher-Karriere.

Blasphemie
oder
Der Teufelsanbeter aus St. Gallen

Brugger sagte:

„Er ist Lehrer. Du brauchst gar nicht viel machen, und er zahlt trotzdem gut. Du musst nur den Teufel spielen. Der Teufelsanbeter sitzt im Sessel und liest in der Bibel. Er spricht halblaute Sätze und betet auch."

„Und wo bin ich?"

„Du stehst vor der Wohnzimmertüre und wartest. Irgendwann spricht er:

- *Herr, erlöse mich von dem Bösen!* Jetzt klopfst du laut an die Tür, und er ruft:

- *Tritt ein mein Herr, damit mir Erlösung zu Teil werde.* Jetzt stürmst du ins Zimmer und rufst:

- *Hey Alter, mir scheint, du verwechselst mich. Ich bin Satan und schätze, du willst lieber einen abgewichst kriegen, als hier so zu frömmeln!* Er kreischt:

- *O Gott, Satan will mich versuchen. Weiche Satan, hilf mir Gott!* Jetzt sagst du:

- *Wenn dir einer helfen kann, dann bin ich es.* Er:

- *Versuche mich nicht, Satan, ich bin bei der Andacht und diene dem Herrn.*

- *Hey,* sagst du, *es bringt dir sicher mehr Fun, wenn du dich von mir bedienen lässt. Für hundert Stutz blas ich dir einen.* Er macht dann auf ganz verschämt und vergräbt sein Gesicht in der Bibel. Du schnappst dir die Bibel und sagst:

- Hey, lass den Blödsinn Alter! Weißt du, was ich mache, ich scheiße auf deine Bibel. Und dann ziehst du dir den Arschreißverschluss von deiner Gummijeans auf und kackst eine ordentliche Ladung in die Bibel."

„Wieso Gummijeans, ich habe keine Gummijeans?"

„Habe ich vergessen zu sagen, er hat ne ganze Sammlung, in allen Größen, er verpasst dir vorher das richtige Outfit. Alles in Schwarz, Gummistiefel, Gummijeans, Gummihemd, Handschuhe, Gasmaske, alles aus schwarzem Gummi. Du bist sein Vollgummi-Teufel."

„Und wenn ich nicht scheißen kann?"

„Du darfst eben vorher nicht aufs Klo. Wenn Du mit ihm verabredet bist, musst du es so einrichten, dass du bei dem Besuch eben abkacken kannst. Es gibt aber auch Typen, die ihre Scheiße in einer Dose dabeihaben. Die packen sich vorher beim Umziehen den Stoff ins Arschgummi rein. Wenn sie dann den Reißverschluss aufziehen, ist das kein großer Unterschied, ob die Ware direkt aus dem Loch kommt oder eben aus dem Gummi. Er will nicht direkt sehen, dass du abkackst, es reicht ihm, wenn du die Scheiße mit dem Arsch auf die Bibel schmierst. Aber nebenbei: Richtige Profis praktizieren das sogenannte *Repacking*; sie füllen ihre Vorratsscheiße in eine große Klistierspritze und pumpen sich den Stoff durchs Arschloch in den Body rein. Aber das lohnt eigentlich nur, wenn du n Perversen hast, der genau sehen will, wie du die Scheiße aus deinem Loch schiebst. Aber weiter zu deinem neuen Freund: Du musst Seiten aus der Bibel reißen und dir den Arsch mit abputzen und brüllen:

- Ahh! Geiles frommes Toilettenpapier ..."

„Und was macht er?"

„Er kommt total in einen perversen Rausch. Brüllt unentwegt rum:

- Du bist Satan! Du bist Satan und wichst sich dabei. Und du brüllst:

- Ja, ich bin Satan und ich scheiße auf deine Bibel. Du knüllst verschissene Bibelseiten zusammen und steckst sie ihm ins Maul. Du musst ihn hart anfassen, das ist wichtig:

- Hier, friss deine Bibel, leck schön die Satans-Scheiße. Kau die geile Scheiß-Bibel durch. Rotz die Bibel-Scheiße auf meine Stiefel. Lutsch meine stinkenden Satans-Stiefel. Quatsch ihn ordentlich mit Dreck zu. Je öfter du die Wörter Bibel, Satan und Scheiße sagst, umso geiler wird er. Gib ihm Befehle, dass er Gott abschwört. Lass dir was einfallen. Du merkst genau, wenn es ihm gefällt, dann geht ihm nämlich auch die Scheiße und die Pisse ab. Befiehl ihm, dass er dich lecken soll, deinen verschissenen Satans-Arsch, deine Gummifinger. Knete ihm den Sack mit Scheiße durch, also natürlich mit *Satans-Scheiße*, kapiert? DU BIST SATAN!"

So war das mit dem Lehrer aus St. Gallen, genau so, wie Brugger es gesagt hatte. Er hatte viele Jahre Wohlgefallen an Ritchie. Er war großzügig und nett. Einmal hat er Ritchie mit in die Ferien genommen, aber das war zu viel Stress für beide. Er war süchtig auf Ritchies Satans-Darbietungen. Aber *täglich* eine Dosis ist zu viel. Zuhause bei ihm in St. Gallen alle zwei Wochen eine Session war eine vernünftige Menge. Jetzt hatte Ritchie eine regelmäßige Einnahmequelle. Es ging voran.

Job als Diener

Im *Underground* gab es auch einige ältere Stammgäste – also ich sowieso (Ende zwanzig), aber manchmal auch Fünfzig plus. Ich stand alleine rum. Ein ganz alter Typ sprach mich an. Bürgerlich gekleidet, Jackett und Schlips, aber nicht modisch, sondern staubig bieder; gerade auf der Grenze zu: Ungepflegt. Aber er war höflich. Er erzählte, dass er im *Schmalen Handtuch* ganz vorne an der Garderobe seinen Wintermantel hängen habe, direkt gegenüber der langen Theke, wo alle Stammgäste sitzen und die Tür im Blick haben. Er hatte eine Bitte: Ich sollte mit ihm zusammen in das Lokal gehen. Wir beide gemeinsam durch die Tür – und alle kucken ob neues Frischfleisch kommt. Und dann gehe ich an den Kleiderhaken, nehme seinen Mantel herunter und helfe ihm rein. Ich zupfe noch etwas am Mantel, klopfe unten am Saum, als hätte ich dort Matschspritzer entdeckt. Er dreht sich. Sitzt alles? Ich nicke. Wir verlassen das *Schmale Handtuch.* Ehe die Schwingtür sich schließt, hebt er noch eine Hand als Adieu an die Thekenhocker. Dann sind wir draußen, Ende der Show. Er sagte, er gäbe mir auch zehn Mark, wenn ich das Spiel mitmache. Ich sah nicht aus wie ein Stricher. Eben deshalb wäre es ihm so angenehm, wenn ich diesen Dienst für ihn übernehme. Es wäre die einzige Möglichkeit für ihn, den Mantel auf würdige Weise wieder in Besitz zu bekommen. Ich machte es. Ich nahm sogar das Geld. Es war überhaupt nichts dabei. Ich hatte mir mehr erwartet. Ob er an Ansehen gewonnen hat?

Vom Spazierengehen

Ich kann mir beim besten Willen nicht vorstellen, dass es Menschen gibt, die beim Spazierengehen noch nie auf Leichenteile gestoßen sind. Wo schauen die Leute denn hin? Man muss nicht ständig mit gesenktem Kopf und Blick auf den Boden herumlaufen um die Leichenteile, die ja überall herumliegen, zu sehen. Die Leute laufen rum wie blind – beziehungsweise sie sehen nur Brüste, Ärsche, Beine und Schwanzbeulen, also von Lebenden, meine ich. Sobald das Bein nicht mehr sein lebendiges Flair hat, sehen sie es nicht. Brüste müssen schaukeln, Ärsche sich wiegen, Schwanzbeulen dicker sein als das Smartphone daneben. Sobald das alles etwas weniger Glanz hat, sehen sie es nicht mehr. Das abgeschnittene Bein im Graben ist sandig. Die Brüste liegen verkehrt herum im Gras, aber sie haben noch eine Seitenansicht. Ärsche habe ich auch noch nicht im abgetrennten Zustand gesehen, aber ich würde jeden sofort erkennen, auch am schlammigen Teichufer. Naja, von den Genitalien fällt natürlich zuerst das Smartphone auf. Du denkst, oh, da hat einer sein Smartphone verloren. Du willst es aufheben und greifst in den abgeschnittenen Schwanz oder den Hodensack daneben. Das habe ich alles erlebt, nicht nur einmal. Man muss nur wach sein und genau hinschauen. Ein Polizist sagte zu mir: „Schade, dass wir Sie nicht als Leichenspürhund einsetzen können." Ich dachte: Ja, mir kann man keine Befehle erteilen. Ich melde die gefundenen Leichenteile nach Lust und Laune. Gottlob sind die Medien noch nicht auf mich aufmerksam geworden.

Winnetou

Er hatte lange glatte schwarze Haare, die mit einem Stirnband zusammengehalten wurden. Deshalb wurde er von allen Winnetou genannt. Richtig hieß er Manuel und fuhr einen alten Mercedes 190 SL Cabrio. Er sprach sanft und leise, er hauchte einen mit der Sprache an. Er verkehrte in den Schwulen-Lokalen der Stadt, trank nur Saft, die Boys flogen auf sein Auto. An Sex hatte er aber wohl kein Interesse, er redete gerne mit ihnen. Ich habe ihn in der Petershauser Post kennengelernt. Wir hatten dort beide ein Postfach und holten oft zur gleichen Zeit unsere Post ab. Gegenüber den Schließfächern war über den Heizkörpern ein langes Bord aus hellem Metallblech – dort machten wir unsere Schriftstücke auf und warfen die Kuverts in Papierkörbe, die dafür bereitstanden. Er hatte immer viel mehr Post als ich, viel mehr! Von Beruf war Manuel Herausgeber. Er gab zwei Zeitschriften heraus, die er mit der elektrischen Schreibmaschine selbst schrieb, mit Letraset gestaltete, kopierte und faltete. Die Zeitschriften enthielten auch Kontaktanzeigen mit Chiffre. Ich vermute, auch die erfand er selber. Die Abonnenten und Anzeigenkunden zahlten in bar, die Scheine steckten in den Briefkuverts. Die eine Zeitschrift hieß „Scheiß drauf!" – und die andere hatte den Namen „Scheißegal". Da Manuel viel Tagesfreizeit hatte, war er überall in der Stadt zu sehen und stadtbekannt. Ich fand ihn sehr nett – er flüsterte mir in der Poststelle immer was ins Ohr, was ich noch nicht wusste.

Schmutz

Die erste sexuelle Wollust bleibt manchen Menschen für immer im Gedächtnis oder im Unterbewusstsein lebendig. In seinem vierten Lebensjahr steckten ihn die Großeltern mittags ins Bett. Er sollte dort länger schlafen, weil die Familie ein Fest vorbereitete und er dabei nicht stören sollte. Irgendwann ist er aus dem Bett gefallen und aufgewacht. Er krabbelte unter das große Doppelbett. Sonst war es in der großen Altbauwohnung überall penibel sauber – die Großmutter hatte einen Putzfimmel, wie er viel später feststellte. Aber unter dem Bett waren die Holzdielen mit braunem Bohnerwachs verschmiert, der nicht nachpoliert worden war. Er robbte unter dem Bett rum, seine Vorderseite und besonders den Unterleib an den schmierigen Boden gedrückt. Sich so mit dem Bohnerwachs einzusauen, bereitete ihm Lust und versetze ihn in einen Rausch. Sein Schlafanzug war von oben bis unten mit Bohnerwachs verschmiert, dazu die Hände und Füße. Ihm war alles egal, so einen Spaß hatte er, der sonst penibel auf seine Kleidung achten musste. Dann kam abrupt das Ende des Vergnügens – im Nachhinein würde ich sagen, wie auf dem Höhepunkt der Orgasmus. Er kletterte wieder ins Bett und wartete. Irgendwann kann die Großmutter um ihn zu wecken und zu holen. Bei seinem Anblick bekam sie einen hysterischen Anfall und konnte sich lange nicht beruhigen. Er hatte in seinem späteren Leben immer Gefallen daran, wenn Sexpartner etwas schmuddelig waren, besonders enge, schmierige Jeans gefielen ihm. Nicht weil er Sex für eine schmutzige Sache hielt, sondern weil Sex plus Schmutz für ihn eine besonders erregende Mischung waren.

Ratte

Zu René sagte ich im *Mylord* zur Begrüßung:

„Hallo, Du kleine Ratte." Er war beleidigt und ich wusste nicht warum.

„Weil Du Ratte gesagt hast." In der Gesellschaft meiner Herkunft gab es niemanden, der je als Ratte bezeichnet worden wäre – in keinerlei Bedeutung. Ich kannte Ratten nur als possierliche Tierchen, etwas größer als die süßen Mäuse. Offenbar gab es Leute, die Ratte als Schimpfwort verstanden. Eigenartig – auch heute begreife ich nicht warum.

Jan Peter Tripp

Jan Peter Tripp hatte in der Galerie Brandstätter in Öhningen eine Ausstellung. An einem Sonnabend-Nachmittag war Eröffnung. W. G. Sebald las einen Prosatext über Motten, das war das Begleitprogramm neben Horst Brandstätters Eröffnungsrede. Tripp und Sebald stammen beide aus dem Allgäu, sie waren Schüler am gleichen Gymnasium, beide machten an der Schülerzeitschrift mit. Jetzt lebte Tripp im Elsass, Sebald in England. Nach der Vernissage noch Beisammensein in einem reservierten Bistro. Als Tripp und Sebald als letzte kommen, ist es schon so voll, dass sie keinen Platz an einem Tisch mehr finden. Deshalb setzen sie sich an die seitliche Theke, wo sie wie die Hühner auf der Stange wirken, abseits vom Trubel, beneidenswert. Nach einiger Zeit werden an meinem Tisch Plätze frei, und die beiden setzen sich dazu. Tripp beklagt sich bei mir, dass sie wie die Aussätzigen abseits sitzen mussten. Ich sage, das kenne ich, weil man als Autor nach Lesungen auch immer aufgehalten werde und als letzter ins Lokal komme, wo alle anderen sich schon einen Platz ergattert haben. Tripp sagt mit gekünsteltem Tonfall:

„Ah, Du bist wohl ein Schreiberling, oder was?" Er entdeckt meinen Borsalino, den ich mitten auf dem Tisch platziert hatte. Er bewundert die Form und die Farbe. Er sagt:

„Darf ich mal reinsehen?" Er nimmt ihn, befingert ihn und sieht rein. Ich sage:

„Der liegt da so blöd auf dem Tisch, weil es an der Garderobe so voll ist. Am Kleiderhaken wird er zerbeult oder fällt auf den Boden. Und ich wollte ihn nicht auf dem Kopf behalten wie ein Künstlerdarsteller." Bei diesem Wort kuckt er mich scharf an und sagt:

„Und Zigarren rauchst Du wohl auch?" In der Tat rauche ich gerade eine kleine *Diplomatico No. 4* und vor mir liegen zwei Lederetuis auf dem Tisch, jedes mit drei Kubanischen gefüllt. Er nimmt sie auch in die Hand und schaut rein. Dann greift er in die Jackentasche, er hat auch zwei Zigarren-Etuis dabei und zeigt sie mir. Er will eine Petit Corona *Diplomatico No. 5* von meinen rauchen und bietet im Tausch eine wunderschöne *Tamboril Robusto* an; dazu sagt er:

„Sowas Feines hast Du sicher noch nie geraucht." Ich kannte die Tamboril nur vom Hörensagen.

„Ja, kenne ich nicht, danke", sagte ich. Tripp redete nun einige Sätze, wobei er mich in jedem Satz duzte. Er sagte:

„Du kannst auch Du zu mir sagen, wenn ich Dich duze; oder sind das Eure Sitten hier am Bodensee? Bei uns stellt man sich auch vor und spielt nicht den Anonymen." Ich sage:

„Also, ich bin Peter Salomon, auch Künstler." Tripp sagt:

„Ah so." Dann wendet er sich nach links, wo zwei Stühle weiter Sebald sitzt. Mit ihm und einigen Frauen spricht er von jetzt an Französisch, mit mir kein Wort mehr. Ich wende mich nun nach rechts, wo neben mir Otto Jägersberg sitzt. Mit ihm und seiner Lebensgefährtin Regula habe ich noch ein angenehmes Gespräch. Als ich mich verabschiede und gehe, reagiert Tripp nicht. Einige Wochen später hatte ich Post von ihm im Briefkasten: Inhalt war ein radiertes Porträt von Georg Heym, mit der Widmung: *Ein Probedruck / für Peter Salomon / von / Jan Peter Tripp*

Endloser Schwund

Ich habe ein gutes Erinnerungsvermögen, und meine Phantasie ist entwickelt. Dazu habe ich in meinen jüngeren Jahren viel fotografiert, auch beim Sex. Ich kann also mit Hilfe der Fotosammlung Erinnerungen und Phantasie stimulieren. Erinnerungen bedeuten mir schon lange viel. Ich habe es nie als Verlust empfunden, dass mit dem Älterwerden Sexabenteuer und sonstige Aktivitäten nicht mehr so wichtig waren und weniger wurden. Ich habe ja meine Erinnerungen, meine Fotos und viel Phantasie. Voraussetzung für ein gelingendes Nachleben ist natürlich ein Fundus angenehmer Abenteuer und Erlebnisse in der Jugend, auf die man zugreifen kann. Da bin ich glücklicherweise nicht zu kurz gekommen. Nur war nichts von Dauer.

Seit einiger Zeit beobachte ich, dass ich manchmal nicht mehr auf die Namen der Personen auf den Fotos komme, sie fallen mir nicht ein. Ohne die echten Namen sind die Fotos nur die Hälfte Wert. Das kann jeder Schriftsteller bestätigen, der bei autobiographisch grundierten Texten die Klarnamen seiner Figuren verschlüsseln muss. Man bekommt den Text nur dann plastisch und sinnlich geschrieben, wenn man bei der ersten Niederschrift noch die wirklichen Namen verwendet. Erst wenn der Text fertig ist, kann man behutsam die Namen verfremden. Beginnt man das Schreiben gleich mit den Alias-Namen, stockt der Schreibfluss und der Text wird hölzern und blutleer. Wenn man etwas mit Frank, der manchmal Franky genannt wurde, erlebt hat, dann kann man das Erlebte nur schlecht wiedergeben, wenn man statt seiner Alfred / Freddy schreibt. Es ist kein Verlust, der schmerzen würde, alt zu werden, man hat ja immer noch seine Erinnerungen, seine Phantasie und Fotos! Aber die Fotos verschwinden immer öfter und tauchen nur durch Zufall an den unmöglichsten Stellen wieder auf. Erst verschwinden die Namen, dann die Fotos.

Kürzlich bin ich mit Udo nach Freiburg gefahren, mit meinem Auto, eigentlich heißt er Hugo. Wir parkten es in der Schlossberg-Garage und liefen ins Zentrum. Dort kehrten wir auf einen Cappuccino ins *Stadtcafé* ein und besprachen den weiteren Ablauf unseres Ausflugs. Udo wollte ins Stadtarchiv und für seine Forschungsarbeit ein paar alte Akten von in der Nazizeit vertriebenen jüdischen Bürgern einsehen. Ich wollte ins Augustiner-Museum die neue Ausstellung „Maler am Oberrhein" anschauen, danach auf dem Münsterplatz eine rote Wurst essen, wie zur Studentenzeit vor bald 50 Jahren. Udo isst mittags nichts, höchstens ein paar Kekse, die er dabeihat. Nach der Mittagszeit treffen wir uns normalerweise um 15 Uhr im *Café Ziegler*, so wollten wir es heuer auch machen. Aber ehe wir uns trennten, sahen wir am Martinstor an der Gerberau ein neu eröffnetes Café, das wir ansprechend fanden. Deshalb disponierten wir um und verabredeten, diesmal das neue Café auszuprobieren. Dort wollten wir uns treffen. Ich war pünktlich um 15 Uhr dort und wartete auf Udo eineinhalb Stunden, er erschien nicht. Ich machte mir Sorgen, dass er womöglich einen Unfall hatte, vielleicht unachtsam in ein Bächle getreten und den Fuß gebrochen, das war meine erste Vermutung. Ich ging langsam zum Parkhaus und fuhr dann alleine zurück. Als erstes schrieb ich Udo eine E-Mail. Zwei Stunden später antwortete er. Er habe im *Café Ziegler* eineinhalb Stunden auf mich gewartet. Dann sei er langsam zum Bahnhof gelaufen und mit dem nächsten Zug nach Hause gefahren. Er hatte sich auch Sorgen um mich gemacht und gehofft, daß mir nichts zugestoßen sei. Dass wir umdisponiert hatten, hatte er vergessen. Ich bin ziemlich erschrocken über diese Vergesslichkeit, die ja stundenlang angehalten hat. Erst meine E-Mail, Stunden später, hatte ihn an unsere Verabredung erinnert. Erschreckend finde ich aber auch, dass während der eineinhalbstündigen Wartezeit in unseren jeweiligen Cafés keiner auf die Idee gekommen ist, den anderen telefonisch zu erreichen. Wir beide haben zwar das Handy immer dabei, aber ausgeschaltet, und scheinbar vergessen wir, dass wir eins haben, wenn wir es gebrauchen könnten. Und warum bin ich nicht schon früher zum Auto gegangen und habe einen Zettel für Udo angebracht, in der Hoffnung, dass er da nachschaut – was er aber, soll ich sagen *natürlich*? nicht gemacht hat. Aber vor allem hätte ich doch im *Café Ziegler* nachschauen können, ob er womöglich dort sitzt und unsere Absprache vergessen hat. Da hätte ich ihn gefunden. Zuerst war Udos Erinnerung weg, für Stunden. Dazu hat keiner von uns auch nur ein bisschen Phantasie entfaltet um das Problem zu lösen.

Während ich das hier schreibe, bemerke ich, dass meine Spucke im Mund säuerlich schmeckt. Ich denke, Erinnerung und Phantasie werden im Schädel von der sog. Gehirnsäure angegriffen. Der Erinnerungs- und Phantasie-Mantel ist nicht länger eine dicke und schützende Haut, die Haut ist dünn geworden und hat schon Risse, in die die Hirnsäure eindringt und Erinnerung und Phantasie angreift und zersetzt. Jetzt, wo ich alles ganz klar sehe, fließt die überschüssige Säure ab und gelangt durch die Nebenhöhlen in den Speichel. Deshalb der Säuregeschmack. Säuregeschmack im Mund besagt, dass die Erinnerungen und die Phantasie eines Tages völlig zerfressen sein werden. Ich werde nicht nur nichts mehr erleben, weil ich alt und gebrechlich und antrieblos bin; ich werde mich auch an nichts mehr erinnern, weil alles von der Gehirnsäure aufgelöst worden ist; und es ist nicht mehr genug Substanz übrig, mit der die Phantasie noch etwas anfangen könnte. Die Phantasie kann nur noch an Blödsinn andocken und diesen noch mehr durcheinanderbringen und aufblasen. Das findet niemand komisch.

Zweierlei Freude

Es gab eine Zeit, da kam fast jeden Tag ein Antiquariats-Katalog ins Haus. Sogar aus Amsterdam und aus Tel Aviv kamen sie. Sah ich ein solches Kuvert in der Post, unterbrach ich sofort die Arbeit und machte eine erste Durchsicht. Meistens gab es einen Treffer und groß war die Freude, wenn der Titel noch zu haben war. Denn man musste natürlich sofort in dem Antiquariat anrufen, weil die Gefahr bestand, dass einem das Buch der Begierde von einem anderen Sammler weggeschnappt wurde. Kam ich in eine fremde Stadt, machte ich mich alsbald auf die Suche nach den örtlichen Antiquariaten. Auch in den staubigsten und verstelltesten Buden habe ich mich gerne rumgetrieben. Und überall konnte man fündig werden. Seit einiger Zeit gibt es in meiner Stadt zwei sogenannte Bücher-Tausch-Regale. Einmal die Woche schleppe ich eine große Tüte alter Bücher dorthin. Viele tragen noch das Kaufdatum, den Preis und das Datum des Tages, da ich die Lektüre beendet hatte. Ich freue mich, wenn ich die Bücher einsortiert habe, und ich die leere Tüte zusammenfalten und erleichtert nach Hause gehen kann –

Joe Orton
Die Tagebücher

sowie der Briefwechsel von Edna Welthorpe etc.
ediert von John Lahr
übersetzt von Anette Bretschneider und Sabine Griesbach

Joe Orton wurde 1933 in Leicester geboren und im August 1967 von seinem Freund Kenneth Halliwell erschlagen.
Im Alter von sechzehn Jahren verließ er die Schule und besuchte zwei Jahre später die RADA. Er verbrachte wegen Verunstaltung von Leihbüchern sechs Monate im Gefängnis. 1964 wurde sein erstes Stück, *The Ruffian on the Stair*, gesendet, und sein erstes abendfüllendes Theaterstück, *Entertaining Mr Sloane*, wurde im West End aufgeführt, ebenso wie zwei Jahre später *Loot*. *The Erpingham Camp* wurde 1966 im Fernsehen gesendet und 1967 zusammen mit *The Ruffian on the Stair* im Royal Court in einer Doppelveranstaltung aufgeführt. Seine Fernsehstücke, *The Good and Faithful Servant* und *Funeral Games*, wurden 1967 und 1968 posthum gesendet. Sein letztes Stück, *What the Butler Saw*, kam erst 1969 zur Aufführung. 1975 wurde es dann – zusammen mit *Loot* und *Entertaining Mr Sloane* – vom Royal Court erfolgreich wiederaufgenommen. Die beiden letztgenannten Stücke sind auch verfilmt worden. Ferner schrieb Orton ein Drehbuch für die Beatles, *Up Against It*, das jedoch nicht realisiert wurde. Der Roman *Head to Toe* wurde 1971 posthum veröffentlicht.

The Orton Diaries (Hrsg. John Lahr) wurden 1986 erstmals veröffentlicht.

44 Abb., 392 S., geb., 1995
ISBN 978-3-89086-889-9

Martin Frank
Venedig, 1911

Eine Entsublimierung – Roman

Ein erfolgreicher deutscher Dichter will im *Grand Hôtel* einige Tage mit einem Jungen *Alles Schöne* geniessen:
"Wie lächerlich ist der Glaube, dieses harmlose Vergnügen vermöchte einen Künstler zu zerstören! Wie kann ein ächter Künstler sich entfalten –, sollte es auch das gesunde Volksempfinden verletzen –, wenn er sich von kleinbürgerlichen Vorurteilen einschränken lässt?»

Anders als in Thomas Manns Meisternovelle „Der Tod in Venedig" kommt in Martin Franks „Venedig, 1911" auch Tazio zu Wort:
"Und, sollte ich hier ins Bett pissen, drohte sie mir gleich klafterweise Prügel, dass sie mich an ein Pflockhaus für Seeleute in Triest verkaufen würde, wo – was folgte, ist zu ordinär, um es zu niederzuschreiben. Können Sie es sich vorstellen, ohne zu erröten? – denn nun hing, merkte ich, auch Rosa davon ab, dass ich den dottore *um einen Finger nach dem andern wickelte."*

Martin Frank, *1950, Autor der Romane „ter fögi ische souhung", „La Mort de Chevrolet", „Ocean of Love", vieler Kurzgeschichten und Gedichte, beschreibt in „Venedig, 1911" das schwüle *mélange* von Kultur und Päderastie vor dem ersten Weltkrieg.

196 S., Klappenbroschur, 2021
ISBN 978-3-89086-638-3

Rimbaud Taschenbuch Nr. 114

2022 Rimbaud Verlagsgesellschaft mbH,
Postfach 100144, D-52001 Aachen
© 2022 Peter Salomon und Rimbaud Verlag, Aachen

Titelfoto: Herbert Tobias aus dem Buch *Männer-Fotografien*

Umschlaggestaltung, Satz, Druck und Bindung: Liebe, Weilerswist

ISBN 978-3-89086-522-5
www.rimbaud.de